Uwe Goeritz

Für Immer an deiner Seite

Bibliografische Information der Deutschen Nationalbibliothek:

Die Deutsche Nationalbibliothek verzeichnet diese Publikation in der Deutschen Nationalbibliografie; detaillierte bibliografische Daten sind im Internet über http://dnb.dnb.de abrufbar.

© 2016 Uwe Goeritz

Coverfoto: Marion Jana Goeritz

Herstellung und Verlag: BoD – Books on Demand, Norderstedt

ISBN: 978-3-7412-8407-6

Inhaltsverzeichnis

Für Immer an deiner Seite..................7

Ein ganz normaler Tag 8

Ein gebrochenes Versprechen 14

Der alte Freund.........................20

Eine verhängnisvolle Nacht....................26

Wochen der Liebe 31

Bleiben oder gehen?...................37

Der Unfall..........................43

Eine Erkenntnis 49

Auf Leben und Tod 55

Hin und her gerissen......................61

Ist es Liebe?...................67

Ein Wandel der Gefühle 73

Eine Entscheidung...................79

Chaos im Herzen 85

Der Rückfall in alte Gedanken 91

Noch eine Entscheidung......................97

Zerstreute Zweifel 103

Ein Neuanfang....................109

Für Immer an deiner Seite

Eine junge Frau schaut sich um und blickt zurück auf ihr Leben. „Wann ist die Liebe eigentlich erloschen?" fragt sich Maria, die Heldin dieser Geschichte. Im täglichen Kleinklein des Lebens hat sie sich viel zu weit von ihrem Mann entfernt. Oder er sich von ihr? Gibt es noch eine Chance?

Ist noch etwas Glut unter der Asche ihrer Liebe und kann der Wind der Veränderung die Flamen ihrer Liebe neu entflammen? Oder verweht der letzte Funken für immer und es beginnt ein neues Leben? Mit einem anderen Mann?

Sämtliche Figuren, Firmen und Ereignisse dieser Erzählung sind frei erfunden. Jede Ähnlichkeit mit echten Personen, ob lebend oder tot, ist rein zufällig und vom Autor nicht beabsichtigt.

1. Kapitel

Ein ganz normaler Tag

Leise ging die Frau die Treppe hinunter. Sie trocknete sich mit dem Handtuch im Gehen die langen Haare ab und horchte in die Stille des Hauses. Kein Laut war zu hören, nicht mal das Brummen des Kühlschrankes. Sie hing das feuchte Handtuch auf das Geländer der Treppe und breitete es zum Trocknen aus. Wie zur Begrüßung begann der Kühlschrank mit seiner Tätigkeit zu beginnen, so als wollte er sich wieder ins Gespräch bringen. Die Frau füllte Wasser in die Kaffeemaschine und schaltete sie ein. Das blubbern der Maschine mischte sich mit dem Brummen des Kühlschrankes und wurde zu einem zweistimmigen Lied des Morgens.

Maria setzte sich an den Küchentisch und schaute auf die kleine Wanduhr, die über dem Herd hing. Es ging auf sieben Uhr morgens. Sie stützte ihren Kopf in die Hände und genoss die Ruhe. In ein paar Minuten würde sie ihre Tochter wecken und für den Kindergarten fertig machen. Sie liebte diese halbe Stunde der Ruhe hier im Haus, bevor der Trubel wieder über ihr zusammenbrechen würde. Nicht dass es ihr nicht gefiel, so viel zu tun zu haben, aber die Stille war einfach zu schön.

Maria hob ihren Blick und sah auf das kleine Kreuz in der Ecke. Ihr Vater hatte es ihr beim Einzug geschenkt. Er war streng katholisch und hatte darauf bestanden sie, nach der Mutter Jesu, Maria zu taufen. Vor ein paar Jahren war der Vater gestorben und ihre Mutter in die Nähe gezogen, so hatte sie immer mal einen Babysitter für die Tochter. Die erste Tasse Kaffee war gerade fertig geworden, die brauchte sie, um wirklich wach zu werden. Sie stand auf und holte die Tasse, goss viel Milch hinein und ging zu dem großen Fenster, von dem aus sie auf den Garten schauen konnte.

Sie stellte sich den Wecker so früh ein, um hier in der Küche noch ein paar Minuten am offenen Fenster zu stehen und den Schwalben zuzusehen, die in der Morgendämmerung ihr Nest verließen, dass sie unter dem überhängenden Schuppendach gebaut hatten. Auch vom Tisch aus konnte sie die emsigen Tiere beobachten, die ohne Unterlass unterwegs waren, um ihre Jungen zu füttern. Sie blieb ein paar Minuten so stehen und hielt den heißen Kaffee in den Händen. Sie schaute auf die Bäume und das nicht weggeräumte Spielzeug der Tochter, das immer noch im Garten lag. Maria drehte sich um und ging zurück zum Tisch, wo sie sich wieder auf den Stuhl setzte.

Still saß sie so da und schaute in sich selbst hinein. An diesem Tag war ihr Mann über Nacht mal zu Hause gewesen, was in letzter Zeit immer seltener vorkam, doch statt mit ihm zu kuscheln hielt sie an ihrem Tagesablauf konsequent fest. Sie hatte das Gefühl, dass in ihrer Ehe schon seit geraumer Zeit die Luft raus war. Das lag aber nicht an ihr, wann immer es ihr möglich war versuchte sie auf ihren Mann zuzugehen, aber mit wenig Erfolg. Für ihn zählte nur die Arbeit und sonst fast nichts. Sie schaute auf das Hochzeitsbild an der Wand des Flures, das sie durch die offene Küchentür sehen konnte. Wann war sie das letzte Mal so richtig glücklich gewesen? Das musste vor der Geburt ihrer Tochter gewesen sein. Wenn sie die nicht gehabt hätte, so wäre ihr Leben wohl trist und grau.

Der große Zeiger zeigte nach oben und sie erhob sich von ihrem Platz. Mit einen Handbewegung strich sie ihre langen schwarzen Haare aus dem Gesicht nach hinten und ging die Treppe hinauf zum Kinderzimmer. „Hannah, Schatz, du musst aufstehen." weckte sie das Kind. „Nur noch fünf Minuten!" erwiderte die Tochter verschlafen, wie jeden Tag. Da Maria dies aber schon wusste ging sie jeden Tag ein paar Minuten früher in das Zimmer, eigentlich konnte Hannah noch zehn Minuten schlafen, aber so vermied sie den Stress für sich selbst und natürlich auch für ihre Tochter. Sie ging an das Bett und schlug die Decke zurück. Der blonde Kinderkopf kam zwischen einem Berg von Stofftieren protestierend hervor.

Maria ließ sich davon aber nicht beirren und nahm einige der Tiere aus dem Bett und stellte sie beim Hinausgehen auf die Kommode neben der Tür. Leise zog sie die Tür ins Schloss. Sie ging in ihr Schlafzimmer und weckte ihren Mann mit einem Kuss. „Nur noch fünf Minuten." lautete auch die Antwort von Hans, ihrem Mann. „Raus du Faultier. Du musst auf Arbeit." sagte sie liebevoll zu ihm und zog die Decke weg, so wie sie es gerade bei Hannah gemacht hatte. Nachdem er aufgestanden und ins Bad gegangen war ging sie noch einmal zu Hannah zurück. Jetzt zog sie aber auch bei ihrer Tochter die Decke ganz weg, in die sie sich schon wieder eingewühlt hatte. Das Mädchen setzte sich auf und rieb sich die Augen. „Es ist noch so früh!" protestierte Hannah, ebenfalls wie jeden Tag. Das war Maria schon gewohnt.

„Ab ins Bad und vergiss das Zähneputzen nicht!" trieb Maria nun das Kind an. Sie ging wieder nach unten, nachdem Hannah im Bad verschwunden war, aus dem Hans gerade heraus kam. Jetzt war die Frühstücksvorbereitung dran. Alles ging mit geübten Handgriffen, wie im Schlaf. Kaffee, Kakao und Brötchen waren fast zur selben Zeit fertig und der Tisch war auch schon gedeckt. Nur die Familie fehlte noch. „Kommt ihr runter?" rief sie die Treppe hoch und wie jeden Tag, wenn ihr Mann zuhause war, hörte sie nur ein zweistimmiges Gemurmel von oben. Wenig später hörte sie die Schritte auf der Treppe. Kleine, tapsende der Tochter und dunklerer, schwere von Hans.

Das Frühstück war wieder mal viel schneller gegessen, als es gemacht gewesen war. Hans stand auf und sagte „Ich bringe Hannah heute in den Kindergarten." „Danke, komm heute Abend nicht wieder so spät." erwiderte Maria und schon war wieder Stille im Haus. Nur kurz war ihre Ruhe gestört gewesen und nun räumte sie schnell die Küche auf. Wenig später ging sie zur Straßenbahnhaltestelle und wartete. Die Bahn hatte ein paar Minuten Verspätung, aber da sie ja diesmal keinen Umweg über den Kindergarten machen musste hatte sie ja Zeit. Nun war sie auf dem Weg zu ihrer Arbeit, die sie so sehr liebte, fast mehr als ihren Mann.

2. Kapitel

Ein gebrochenes Versprechen

Maria schob sich die Schutzbrille nach oben auf die Stirn, um ihr Werk besser betrachten zu können. Ihre Finger glitten über den polierten Stein und sie versuchte zu fühlen, ob da noch eine Kante irgendwo überstand, aber der Stein war perfekt geschliffen. Sie schob die Brille zurück vor die Augen und schaltete die Maschine wieder ein. Mit einem Summen setzte sich die Schleifmaschine wieder in Bewegung. Die Werkstadt war nicht sehr groß, doch ihr gefiel das, was sie hier gestalten konnte. Geschickt drückte sie den Stein an die Schleifscheibe und formte das Werkstück so, wie sie es in ihrem Inneren gesehen hatte.

Die Uhr an der Wand ging schon auf 14:00 Uhr. Den ganzen bisherigen Tag hatte Maria, zusammen mit ihrer Kollegin Sigrid, an den beiden Maschinen gearbeitet und den schönen Schmuck gestaltet, den ihre Chefin entworfen hatte. Maria war sehr geschickt und manchmal durfte sie auch Schmuckstücke selbst entwerfen. Tragen konnte sie diese allerdings nicht, da sie für sie viel zu teuer waren. Gerade begann sie eine Brosche in Eidechsenform zu gestalten, die sie selbst entworfen hatte, als die Tür der Werkstadt sich öffnete, ihre Chefin hinter sie trat und ihr zusah.

„Das ist ein sehr schönes Stück." sagte die Frau, nachdem Maria mit dem Polieren fertig war und die Brosche auf einem Filzstück vor sich ablegte. „Danke schön." erwiderte sie sichtbar verlegen wegen des Lobes. „Könntest du dir vorstellen daraus eine ganze Serie zu machen? Ring, Ohrringe und Anhänger. Alles zu diesem Design passend?" dabei drehte die Frau die Brosche in der Hand. „Ich denke schon." sagte Maria zuversichtlich. „Kann ich da in der nächsten Woche deine Entwürfe dazu sehen?" „Das mache ich gern." antwortete Maria und die Chefin verließ den Raum wieder.

Sie sah der Frau lange nach, auch als sie schon die Tür hinter sich geschlossen hatte. Frau Göbelin, ihre Chefin, zu der sie oft als Vorbild aufsah, war nur ein paar Jahre älter als sie und sie hatte „Du" gesagt. Das war das erste Mal gewesen und sie war dadurch ziemlich verwirrt. Aber die Chefin hatte ja gesagt, dass sie mit der Arbeit zufrieden war. Vermutlich deswegen das Du. Maria schaltete die Maschine ab und ging zu dem kleinen Schreibtisch an der hinteren Wand. Sie klappte die Zeichenplatte herunter und suchte sich die Stifte zusammen. Über sich schaltete sie die Lampe ein und zog den Stuhl heran. Maria setzte sich an das weiße Blatt und begann zu zeichnen. In ihr Werk vertieft flog die Zeit nur so dahin. Stunden wurden zu Minuten. Der Zeiger der Uhr raste nur so vor sich hin.

Sigrid schaltete ihre Maschine ab, an der sie bis jetzt weiter gearbeitet hatte, hängte ihren Kittel an den Haken, trat an den Tisch von Maria und sagte „Es wird aber schon spät. Solltest du nicht am Montag damit anfangen?" dabei zeigte sie auf die Uhr und Maria erschrak. „So spät schon?" schnell holte sie ihr Mobiltelefon aus der Tasche und wählte. „Hallo Mama, kannst du bitte Hannah im Kindergarten abholen? Bei mir dauert es noch ein paar Minuten. Danke dir." dann legte sie es auf den Tisch. Kurz danach zeichnete der Stift wieder dunkle Linien auf das weiße Papier. Ein Ring nahm langsam Gestalt an.

Sigrid löste das Haarnetz, das sie den ganzen Tag an der Maschine getragen hatte, schüttelte ihre rotblonde Mähne auf und verabschiedete sich, aber Maria war schon wieder so in die Arbeit vertieft, dass sie das gar nicht merkte. Erst der Nachtwächter, ein älterer Mann, den Maria immer nur mit Opa Paul anredete, unterbrach sie, weil er die Werkstatt abschließen wollte. „So spät schon?" rief Maria erschrocken. Sie sah auf die dunklen Scheiben der Fenster, hinter denen schon lange die Sonne untergegangen war, und stürzte aus dem Werkraum. Draußen war schon lange kein Mensch mehr zu sehen.

Der Firmenparkplatz war leer und nur eine einsame Straßenlaterne leuchtete genau in der Mitte des Platzes, als sie zur Straßenbahnhaltestelle ging. Paul leuchtete ihr mit seiner Taschenlampe das erste Stück auf dem Weg bis zum Betriebstor, wo er sich in seine Pförtnerbude setzte. Maria schaute sich um und blickte auf das dunkle Gebäude zurück, sie war an diesem Freitagabend die letzte in der Firma gewesen.

In der zuckelnden Bahn machte sie sich Gedanken, hatte sie nicht noch am Morgen zu ihrem Mann gesagt „Komm nicht zu spät?" und nun war sie es, die sich verspätete. Das letzte Stück von der Haltestelle nach Hause rannte sie fast. Aber als sie zuhause eintraf, saß ihre Mutter am Küchentisch. „Hannah schläft schon seit zwei Stunden." sagte sie vorwurfsvoll zur Begrüßung. „Ich weiß, es tut mir Leid." antwortete Maria und fiel ihrer Mutter um den Hals. „Ist Hans noch nicht da?" fragte sie, doch die Frau schüttelte nur den Kopf.

Fast war Maria froh, dass er nicht da war, aber ein bisschen war sie auch traurig, dass er wieder sein Versprechen gebrochen hatte. Schnell hatte sie sich wieder gefangen. Bei einem Kaffee erzählte Maria ihrer Mutter von ihren Ideen, wie sie den Schmuck gestalten wollte. Da begann das Telefon auf dem Tisch zu klingeln. Schnell, bevor Hannah wach werden würde, nahm sie ab.

„Hallo Maria, es tut mir Leid, ich muss übers Wochenende zu einer Schulung. Ich bin gleich im Flieger." meldete sich Hans. „Hattest du uns nicht versprochen mit uns morgen zum Baden zu gehen? Hannah hat sich schon so darauf gefreut." entgegnete Maria „Es tut mir Leid." hörte sie noch, dann ein Knacken, Hans hatte aufgelegt, ohne auf ihre Antwort zu warten. Sie schaute noch eine ganze Weile traurig auf das Display, das langsam verlosch, aber es kam kein weiterer Anruf mehr.

„So geht das schon seit Monaten." sagte sie traurig zu ihrer Mutter und legte das Telefon auf den Tisch. „Wenn er mal da ist, kommt er erst mitten in der Nacht, wenn ich schon schlafe. Da bleibt mir nur Fernsehen, oder ich gehe alleine mit ihr ins Freibad." stellte Maria fest und verabschiedete ihre Mutter an der Haustür. Es war schon sehr spät geworden und so ging sie einfach, ohne Fernsehen, ins Bett, aber die vielen Ideen, die sie zu ihrem Schmuck hatte, und die Enttäuschung nach der Absage ihres Mannes ließen sie lange nicht einschlafen.

3. Kapitel

Der alte Freund

Den ganzen Morgen hatte Hannah gequengelt und so hatte es Maria nicht übers Herz gebracht, den Badetag zu verschieben. Mit dem halb aufgeblasenen Schwimmtier unter dem Arm waren sie mit der Straßenbahn bis zur Endhaltestelle gefahren und von dort die letzten hundert Meter bis zum Eingang des Bades gelaufen. Hannah hatte wie verrückt an ihrem Arm gezogen und sie war fast nicht hinterher gekommen, so begeistert war ihre Tochter von der Aussicht auf das blaue Wasser des kleinen Kinderbeckens. Sie waren fast die ersten gewesen, und so hatten sie einen Platz ganz vorn am Becken erhalten. Es wurde ein richtig schöner Tag und über ihnen sahen sie den blauen Himmel und nur vereinzelt war eine kleine weiße Wolke zu sehen.

In ihrem roten Bikini saß Maria nun auf der Decke in dem Freibad. Sie war gerade dabei sich mit Sonnencreme einzureiben, aber auch dabei behielt sie ihrer Tochter immer fest im Blick. Hannah saß etwa drei Meter vor ihr im Kinderbecken und versuchte sie nass zu spritzen, was ihr aber nicht gelang. Maria hatte die Entfernung mit Absicht so gewählt, dass dies nicht ging. Schließlich verließ sie die Decke und setzte sie sich zu ihrer Tochter in das Becken. Eine ganze Weile plantschten sie so herum, bis das Kind Hunger bekam. Gemeinsam gingen sie an den Imbissstand und dann mit der Wurst in der Hand wieder zur Decke zurück.

Viel zu gern hätte sie ja den Tag mit ihrem Mann hier verbracht und dachte gerade daran, wann es das letzte Mal gewesen war, als er ein ganzes Wochenende zu Hause gewesen war. Trotz langen grübeln fiel es ihr nicht ein, sicher war das schon länger als ein Jahr her. Hannah hatte die Wurst aufgegessen und wollte zurück ins Wasser. Maria konnte sie gerade noch am Arm erwischen „Jetzt bleibst du erst mal draußen." legte sie fest und zog die sich heftig wehrende Tochter auf die Decke zurück.

Mit einem Lesebuch und einer Plüschkatze aus Hannahs Rucksack gelang es ihr dann endlich das Kind von etwas anderen zu begeistern, als von dem Becken, dass sie in Sichtweite vor sich hatte. In der warmen Sonne war Hannah wenig später eingeschlafen und nun, da sie nicht mehr so sehr aufpassen musste, konnte sich auch Maria entspannt mit einem Buch in die Sonne legen.

Nach etwa einer halben Stunde fiel ein Schatten auf sie, Maria schaute von ihrem Buch auf und versuchte den zu erkennen, der ihr die schöne Sonne nahm. Sie legte das Buch zur Seite, setzte sich auf und hörte jemanden fragen „Maria, bist du das?" noch immer hatte sie die Person gegen die Sonne nicht erkennen können. Dass es ein Mann war, hatte die Stimme ihr verraten, doch wer kannte sie hier? Sie ging ja nicht so oft weg und wenn, dann hatte sie ja auch niemanden ihren Namen verraten. Sie zögerte, etwas zu sagen, aber der Mann schien sie ja zu kennen, also konnte sie ja auch antworten. „Ja, und wer bist du?" fragte sie und hielt die Hand über ihre Augen, um die Sonne abzuschirmen. Aber auch jetzt erkannte sie ihn nicht.

Der Mann hockte sich hin und war nun auf Augenhöhe nur etwa einen Meter von ihr entfernt. Nun konnte sie ihn zwar sehen, aber noch immer hatte sie den Mann nicht erkannt. Offensichtlich hatte er ihren fragenden Blick bemerkt und begann „Ich bin Christian." Noch immer rätselte Maria, nun woher sie einen Christian kannte, und so setzte er fort, da er sicher ihren immer noch fragenden Blick gesehen hatte, „Wir waren zusammen in der Berufsschule. Erinnerst du dich? Ich habe hinter dir gesessen."

„Christian." rief Maria erfreut aus, langsam kam die Erinnerung wieder hoch. „Das ist ja ewig her. Dich hätte ich niemals erkannt. Komm setze dich zu mir." sie musterte den Mann neben sich unauffällig. Er war schlank, hatte einen muskulösen Oberkörper und kurze braune Haare. Er war nicht mehr der Christian, den sie aus der Berufsschule kannte, mit der dicken Hornbrille und fast ohne Muskeln. Den alle nur ignoriert hatten, leider auch sie, wie sie nun merkte. „Du hast dich ganz schön zu deinem Vorteil verändert." begann Maria das Gespräch weiter zu führen. „Danke, du aber auch." setzte er hinzu.

Die Hitze stieg in ihre Wangen, Maria wurde rot, was man aber durch den gerade einsetzenden Sonnenbrand in ihrem Gesicht nicht bemerkte, und sagte „Ja, das ist auch schon zehn Jahre her." „Ist das deine Tochter?" fragte er, auf das schlafende Kind neben Maria zeigend. Die Frau nickte „Hannah wird nächsten Monat schon fünf." Nun begannen beide über alte Bekannte und Schulfreunde zu plaudern, während Hannah wach wurde und wieder zurück ins Wasser wollte. Diesmal konnte Maria sie nicht zurück halten. Die Tochter sauste mit ihrem Schwimmtier in das Becken und die beiden Erwachsenen folgten ihr langsam.

Sie setzten sich auf dem Beckenrand, um ihr Gespräch dort weiter zu führen, und ließen ihre Beine in das warme Wasser hängen. Aber dort wurden sie viel zu oft von dem Kind mit Wasser bespritzt, so dass sie in dem flachen Wasser einfach mitmachten. „Das hätte ich mir von Hans gewünscht. Solch einen schönen Tag, ganz in Familie." dachte sich Maria und wurde traurig, aber nur kurz, bis sie die nächste Ladung Wasser klatschend auf den Rücken traf. Lachend drehte sie sich um und machte einfach weiter mit.

Den ganzen Sonnabend waren sie gemeinsam im Wasser gewesen und hatten ausgelassen wie Kinder, sogar die beiden Erwachsenen, zu Dritt im Kinderbecken gespielt. Fangen, schwimmen und tauchen, den ganzen Tag, bis es langsam dämmrig wurde. Nach dem Abtrocknen verließen sie gemeinsam das Bad und machten sich auf den Heimweg. Als Maria mit Hannah zur Straßenbahnhaltestelle gehen wollte zeigte Christian auf sein Auto und bot ihnen an, sie zuhause abzusetzen. Auch während der Fahrt unterhielten sie sich weiter, während Hannah auf dem Rücksitz eingeschlafen war. Da er keinen Kindersitz hatte fuhr Christian ganz besonders langsam und vorsichtig, so hatten sie noch mehr Zeit zum Reden.

Er war erst vor ein paar Wochen in eine Seitenstraße, nicht weit von Marias Haus, gezogen. Vor ihrem Haus verabschiedete er sich von Maria und Hannah, setzte sie dort ab und fuhr dann zu seiner Wohnung weiter. Maria schaute ihm noch einen Moment nach, bevor sie in das Haus ging. Ein warmes vertrautes Gefühl machte sich in ihr breit.

4. Kapitel

Eine verhängnisvolle Nacht

Iris, Marias Mutter, wartete schon bei ihr zuhause, in der Küche auf einem Stuhl, von dem sie sich erhob, als die Beiden das Haus betraten. Iris kam in den Flur und nahm die beiden in Empfang. „Na, wie war es?" fragte sie und Hannah erzählte, sich fast dabei überschlagend, von den Erlebnissen im Bad, obwohl sie gerade noch im Auto fest geschlafen hatte und von der Anstrengung des Tages sichtbar geschafft war. „Willst du mit zu mir kommen?" fragte Iris das Kind, das sofort zustimmte. Hannah rannte in ihr Zimmer und war wenig später mit ihrem Plüschtier wieder am Fuße der Treppe angekommen. „Und du machst dir einen schönen Abend! Schließlich ist Sonnabend und da geht man weg." sagte Iris zu ihrer Tochter, als sie mit ihrem Enkelkind an der Hand in der Tür stand.

Maria nickte nur, aber sie überlegte, was sie machen konnte. Sonnabendabend, Fernsehen oder was? Sie dachte daran, wie lange es schon her war, dass sie mal ausgegangen war. „Schon viel zu lange!" war ihre laut vor sich her gesagte Antwort, auf die stumm gestellte Frage. Sie griff zu Telefon um ihre Freundin Sigrid anzurufen, doch die nahm nicht ab. Selbst der zweite Versuch wenig später blieb ohne Erfolg. Vermutlich war sie nicht zu hause. Da fiel ihr wieder Christian und das Kribbeln in ihrem Bauch bei der Verabschiedung vor dem Hause ein.

Schnell wählte sie seine Nummer, warum wusste sie selbst nicht, doch sie hatten so viel Spaß im Bad gehabt und vielleicht hatte er ja Zeit. Zum Glück hatte sie ihn nach der Nummer gefragt. Nach nur zwei Ruftönen meldete er sich und Maria fragte „Hast du Lust heute Abend was zu unternehmen?" „Ja, wir könnten tanzen gehen. Was ist mit deiner Tochter?" „Auf die passt meine Mutter auf. Holst du mich in einer Stunde ab?" „Na klar. Mache ich gerne." beschloss Christian das Telefonat.

„Nur eine Stunde!" rief Maria aus, so als ob sie es nicht selbst gerade eben vorgeschlagen hatte. Sie stürzte ins Bad und begann sich für das Ausgehen hübsch zu machen und natürlich auch für Christian. Eine halbe Stunde später stand sie in Unterwäsche vor dem Kleiderschrank und holte Kleider raus, die sie wenig später wieder weg hängte. Fast das letzte im Schrank zog sie an. Es war ein Ärmelloses kurzes Kleid, das Schultern und Knie frei ließ.

Sie hatte es schon mehr als fünf Jahre nicht mehr getragen und doch passte es wie angegossen. Es war mit Pailletten besetzt und die glitzerten bei jeder Bewegung. Maria drehte sich ein paar Mal vor dem Spiegel und strich das Kleid glatt. „Ist das nicht zu gewagt?" dachte sie, aber verwarf den Gedanken sofort wieder in Aussicht auf einen schönen Abend. Sie stand immer noch vor dem Spiegel, als es klingelte. Mit den Schuhen in der Hand rannte sie die Treppe hinunter zur Tür und öffnete. „Wow, siehst du gut aus." sagte Christian zur Begrüßung. Schnell zog sie die Schuhe an, so konnte er nicht sehen, wie rot sie bei dem Kompliment geworden war. Ehrlich gesagt hatte sie schon lange kein Kompliment mehr erhalten und nun schon das zweite an einem Tag von Christian.

Er hatte einen dunklen Anzug an, der ihm genauso perfekt passte, wie Maria ihr Kleid. Zusammen gingen sie das kleine Stück bis zur Tanzbar, wo sie schon seit Jahren nicht mehr gewesen war. Vor Hannahs Geburt sozusagen, als in ihrer Ehe noch alles in Ordnung war. Sie begann zu grübeln, aber die Musik und Christian verscheuchten die Gedanken schnell wieder.

Fast jeden Tanz tanzten sie. Sie fühlte sich so gut, wie schon lange nicht mehr in seinen starken Armen. Zwischendurch standen sie auch an der Bar, aber an ein Gespräch, so wie sie es im Bad geführt hatten, war durch die laute Musik nicht zu denken. So schauten sie sich einfach in die Augen und Maria versank förmlich darin. Dieser Blick war einfach nur himmlisch und sie wusste, dass er nur ihr galt. Wann hatte sie sich zuletzt so gut gefühlt? War das überhaupt schon mal so gewesen? Sie hatte ihren Mann kurz nach der Schulzeit kennen gelernt und auch schon bald geheiratet. Sozusagen ihren ersten Freund. Damals war alles anders gewesen, aber seit ein paar Jahren verstanden sie sich nicht mehr so gut. Zum Glück war die Musik so laut, dass sie die schlechten Gedanken schnell verjagte.

Sie waren erst spät in dem Lokal gewesen und blieben bis zum Schluss. Sie waren die Letzten, die das Haus verließen und hinter ihnen verlosch das Licht der Leuchtreklame. Mitten in der Nacht tanzten sie auf der dunklen Straße zurück zu ihrem Haus. Es war eine warme Nacht und die Sterne schauten auf die Beiden herunter. In der

Haustür, die sie gerade aufgeschlossen hatte, zog er sie an sich und sie küssten sich lange. Seine starken Arme hatte sie schon den ganzen Abend gespürt und jede Berührung hatte wohlige Schauer durch ihren Körper gejagt. Dieser Mann begehrte sie und küsste sie mit einer Leidenschaft, die sie bei Hans schon seit Jahren vermisst hatte. Sie zog ihn in das Haus hinein. Gedanken machte sie sich keine über das, was nun passieren würde, oder konnte. Sie gab sich einfach ihrem Gefühl hin, und das sagte laut und deutlich „Ja!".

Schon auf der Treppe nach oben begannen sie sich gegenseitig auszuziehen. Kein Zweifel lag in ihrem Gewissen, dass sie das richtige tat. Sie genoss seine Küsse und die zärtlichen Berührungen seiner Hand auf ihrem Körper. Schließlich fielen sie ins Bett und sie gab sich ihm hin. Sie wälzten sich durch das Bett und sie war glücklich wie schon lange nicht mehr. Viel zu lange hatte Hans sie nicht mehr so begehrt, nicht mehr so berührt und auch jetzt war er nicht in ihrem Kopf, nicht in ihrem Herzen. Nur sein Bild schaute vom Nachttisch zu. Maria genoss einfach das Gefühl geliebt zu werden und noch viel mehr genoss sie es als Frau gesehen zu werden. Nicht so sehr als Mutter, so wie Hans sie vermutlich in den letzten Jahren gesehen hatte.

5. Kapitel

Wochen der Liebe

Aneinander gekuschelt hatten sie gelegen, bis die Sonne durch das Schlafzimmerfenster herein schien. Sie betrachtete den Mann neben sich und begann ihn mit Hans zu vergleichen. Hatte sie ein schlechtes Gewissen? Nein! Es war richtig gut gewesen, mal wieder als Frau zu fühlen. Nicht nur als Mutter. Sie hatte die Streicheleinheiten viel mehr genossen als alles andere. Es hatte ihr ein gutes Gefühl gegeben begehrt und geliebt zu werden.

Schuldgefühle hatte sie keine. Wenn einer Schuld hatte, dann ja wohl Hans, der sie so lange vernachlässigt hatte. Sie legte ihre Hand auf Christians Brust und schaute in sein Gesicht. Was war da in ihr los? Sie kannte ihn zwar schon so lange, aber so richtig nahe gekommen waren sie sich ja erst am Vortag. Und dann gleich ins Bett mit ihm? Sie küsste ihn und stand auf, als er erwachte. Bald würde ihre Mutter Hannah bringen, und die sollte sie nicht so finden. Sie zog einen Bademantel über und drehte sich zu ihm um.

„Was möchtest du zum Frühstück?" fragte Maria in der Tür stehend „Dich!" sagte er mit einem schelmischen Lächeln. „Kaffee oder Tee? Brötchen, Käse, Wurst oder Marmelade?" fragte sie weiter, ohne auf seine Erwiderung einzugehen. „Nur Kaffee, schwarz. Wo ist das Bad?" „Die nächste Tür links im Flur. Kaffee kommt gleich." gab sie zurück und ging nach unten. Sie sammelte die Sachen von der Treppe und legte sie auf dem Sessel in der Stube ab.

Die Tassen klapperten und Christian zog sich in der Stube wieder an, wenig später Frühstückten sie zusammen. Maria fühlte sich geborgen wie schon lange nicht mehr. An der Tür küssten sie sich zum Abschied und dann ging sie unter die Dusche. Lange ließ sie das warme Wasser über ihren Körper laufen und fühlte immer noch seine warmen Hände auf ihrer Haut. Sie träumte sich in die zärtliche Nacht mit ihm zurück, bis Iris mit Hannah zurück in das Haus kam.

„Na wie war es?" fragte ihre Mutter und Maria wurde fast verlegen bei dem Gedanken, ihr Liebesleben mit der eigenen Mutter zu teilen. Aber sie sah Iris nun fast wie eine Freundin an und so erzählte sie ihr, nach anfänglichem stocken, alle Details der vergangenen Nacht. Kein

Vorwurf kam von der älteren Frau, nur die Bemerkung „Was dir gut tut, das tut auch deinem Kind gut. Hannah soll eine glückliche und zufriedene Mutter haben." Dem stimmte Maria selbstverständlich zu. Auf die Frage hin, ob sie Hans alles erzählen sollte schüttelte Iris nur den Kopf „Er würde es sicher nicht verstehen." War die knappe, aber sicherlich richtige Antwort.

Am nächsten Morgen unterhielt sie sich auch mit Sigrid über ihr Wochenende. Der Freundin vertraute sie voll und ganz. Sigrid hatte auch Verständnis für die Freundin und freute sich mit ihr über das gelungene Wochenende. Dann setzte sich Maria wieder an ihren Tisch und zeichnete weiter an ihren Entwürfen. Gegen Nachmittag kam ihre Chefin und schaute über ihre Schulter. „Kommst du dann in mein Büro?" fragte sie und Maria nickte nur „Du." hatte sie schon wieder gesagt. Wenig später ging sie mit ihren Entwürfen nach oben und klopfte an der Tür. „Herein." hörte sie und trat ein. „Frau Göbelin, sie hatten mich her gebeten."

„Setzt dich und las dass mit Frau Göbelin, ich bin Katharina." begann die Frau und sah sich Marias Entwürfe an. „Kannst du zu diesen Entwürfen bis nächsten Montag eine komplette Kollektion herstellen? Ich möchte die in Berlin bei der Fashionweek vorstellen." Maria nickte „Gern, ich denke das schaffe ich." „Wenn du es schaffst mache ich dich zu meiner Designerin. Wie soll die Reihe denn heißen? Hast du da schone eine Idee?" fragte Katharina.

Maria sah sich die Entwürfe an „Vielleicht Dracoli?" antwortete sie schließlich. „Das ist ein schöner und passender Name. Ich rufe gleich in Berlin an und nun schnell an die Arbeit. Sigrid wird dir helfen." antwortete Katharina und Maria machte sich an die Arbeit. Während sie weiter zeichnete begann ihre Freundin schon das erste Stück zu bearbeiten.

Vor dem Feierabend hatte Sigrid das erste Stück schon so weit, dass sie es Maria zeigen konnte. Nach ein paar Anmerkungen sprachen sie sich für den nächsten Tag ab. In nur fünf Tagen sollten sie alle Stücke fertig machen und von einigen existierten im Moment nur die Ideen in Marias Kopf. Zusammen verließen sie ihre kleine Werkstadt und gingen fröhlich zur Haltestelle der Straßenbahn. Auf dem Heimweg holte sie noch ihre Tochter vom Kindergarten ab, aber ihr konnte sie nichts von ihrem schönen Schmuck erzählen, dafür war sie einfach noch zu klein.

Am Abend, als sie mit Hannah an der Hand das leere Haus betrat, war niemand zu Hause, dem sie von ihrem Erfolg mitteilen konnte. Nur ein Zettel ihres Mannes „Bin den Rest der Woche in Hamburg." stand darauf. Wieder eine Woche alleine und noch nicht mal ein liebes Wort dazu. Sie knüllte den Zettel zusammen und warf ihn in den Papierkorb. Maria war einfach nur enttäuscht vom Verhalten ihres Mannes. Nachdem sie Hannah ins Bett gebracht hatte rief sie Christian an. Er kam wenig später und die Beiden feierten Marias Erfolg im Wohnzimmer.

Bei leiser Musik und Knabbergebäck saßen sie auf dem Sofa und Maria hatte so ein warmes Gefühl in sich, als ob sie ihn schon ewig kennen und ihm alles sagen konnte. Dieses Gefühl hätte sie sich auch bei dem Zusammenleben mit ihrem Mann gewünscht, aber irgendwie war da wohl alles zu spät. Sie dachte wieder an den zerknüllten Zettel. Mit einer Handbewegung wischte sie alle Bedenken und Zweifel weg. Sie strich sich durch ihr Haar und lehnte sich an seine starke Schulter. Sie genoss diese Zweisamkeit mit geschlossenen Augen.

Schließlich trafen sich ihre Lippen zu einem langen Kuss. Die kleine Feier nahm eine ungeplante, aber schöne, Wendung und sie genoss es wie er sie mit seinen Armen an sich zog. „Einfach fallen lassen, mir kann nichts passieren. Christian fängt mich auf." dachte sie. Dieses Mal blieben sie im Wohnzimmer und machten ganz besonders leise, um die Tochter, die ja oben im Bett schlief, nicht zu wecken.

Nach dieser Nacht sahen sie sich regelmäßig und führten eine Art von Beziehung. Sie sah Christian öfter als ihren Mann Hans. Und sie hatte auch ein ganz anders Gefühl zu einem jedem von ihnen Beiden. Es wandelte sich gerade in ein fast kindliches Vertrauen zu Christian und eine Art von Ablehnung Hans gegenüber.

6. Kapitel

Bleiben oder gehen?

Nun war sie schon mehrere Wochen mit Christian zusammen, wenn man das irgendwie „zusammen sein" nennen konnte. Wann immer es ging trafen sie sich, gingen Tanzen oder etwas trinken. Ihren Mann hatte sie in all der Zeit nur ein paar Mal gesehen, meist nur, wenn er Wäsche holte oder brachte. Irgendwie war das zwar normal, sie hatte sich schon fast daran gewöhnt, aber etwas war nun anders. Sie wusste nicht, ob sie etwas falsch machte, oder ob er sich nicht mehr für sie interessierte. Fragen konnte sie ihn in all der Zeit ja auch nicht. So zwischen Tür und Angel war kein guter Platz um mit Eheproblemen fertig werden zu können.

Durch die Treffen mit Christian hatte sie gemerkt, dass ihre Gefühle zu ihrem Mann schon fast erloschen waren. Bei ihrem Freund hatte sie sich ganz neu erfahren. Sie war nun wieder die junge Frau, die geliebt werden wollte und die lieben wollte. Immer mehr zog es sie zu Christian. Immer tiefer wurden die Gefühle zu ihm und im gleichen Maße erlosch die Liebe zu ihrem Mann, sofern die noch da gewesen war. Immer wenn sie nur an Christian dachte erwachten die Schmetterlinge in ihrem Bauch zu ihrem Freudentanz. Sie konnte sich so unendlich geborgen fühlen in seinen Armen und er hatte für jede ihrer Albernheiten Verständnis. Oft kasperten sie wie Kinder herum und sie fühlte sich mit Hannah im selben Alter. Noch einmal ganz von vorn beginnen, das wäre wunderschön, dachte sie sich oft.

Von Zeit zu Zeit dachte sie daran, was ihr Vater wohl zu all dem gesagte hätte. Wie kam sie wohl jetzt auf diesen Gedanken? Irgendwie war das schon komisch. Sie dachte daran, wie ihr Vater damals ihren ersten Freund fast verprügelt hatte, als der sie damals nach Hause gebracht hatte, obwohl da nur Freundschaft gewesen war. Bis zur Berufsschule, die auch noch im selben Ort gewesen war, hatte er sie beschützt und behütet. Erst nach der Berufsschule hatte sie Hans kennen gelernt und wenig später geheiratet. Damals hatte sie ihre Freundinnen beneidet, die im Internat lebten und nach ihrer Auffassung tun und lassen konnten was sie wollten.

Sicherlich hätte er, als gläubiger Katholik, kein Verständnis für diese wilde Ehe. Sie musste fast lächeln bei dem Gedanken und ging in den Flur. Dort betrachtete sie die Bilder auf der Anrichte und analysierte diese Ehe. Das Hochzeitsfoto in der Hand schaute sie auf die lächelnden Gesichter. Wie lange war das jetzt her? Im Laufe der Zeit entfernten sie sich immer mehr. Seit Hannah auf der Welt war, war es nun fast vollkommen vorbei mit dem Eheleben. Wollte sie das noch? Wie lange sollte das noch gehen? Hatte ihre Ehe überhaupt noch eine Chance zu überleben? Oder sollte sie das nun beenden?

Vielleicht konnte sie mit Christian ein neues Leben beginnen? Dazu sollte sie ihn aber erst mal fragen und dafür musste sie sich sicher sein, dass sie das auch wirklich wollte. Mit wem konnte sie darüber reden? Vielleicht mit ihrer Mutter? Wenig später hörte sie den Schlüssel im Schloss und ihre Mutter rief „Wir sind wieder da." „Möchtest du einen Kaffee?" fragte Maria und ihre Mutter antwortete „Worüber möchtest du reden?"

Maria sah sie überrascht an und die Mutter antwortet „Na, immer wenn du mir ohne Begrüßung einen Kaffee anbietest, hast du ein Problem und willst darüber reden." nun begrüßten sie sich mit einer Umarmung. Später spielte Hannah mit ihrer Puppe unter dem Tisch und die Frauen begannen sich zu unterhalten. „Ich habe gemerkt, dass du in den letzten Wochen richtig auflebst.

Du hast so ein inneres Strahlen bekommen. Anscheinend bist du glücklich." begann die Frau und Maria nickte "Was soll ich tun?" fragte sie.

Iris schaute sie an, als ob sie noch ein paar weitere Erklärungen brauchte und so setzte Maria fort "Ich bin noch keine dreißig. Ich kann so nicht mehr weiter machen, so ganz ohne Liebe. Dieses nur flüchtige begegnen, dieses Händchen halten bei der Wäscheübergabe, nur ein Kuss auf die Wange am Morgen, das kann ich nicht mehr. Ich will geliebt werden." Sie blickte enttäuscht zu dem Hochzeitsbild, das sie auch von der Küche aus sehen konnte.

"Ich muss mich zwischen Hans und Christian entscheiden. Soll ich bleiben in dem Alltagstrott, wo Hans nie wirklich anwesend ist, oder soll ich mit Hannah zu Christian gehen, der mich liebt und für uns da ist?" setzte sie fort und schaute die Mutter fragend an. "Dein Vater, Gott hab ihn Seelig, hätte sicher gesagt, die Ehe ist heilig, aber ich sage dir, wenn es nicht mehr geht, so musst du dich lösen. Höre auf dein Gefühl." erwiderte diese.

„Ich werde mit beiden Männern reden müssen. Aber egal was Christian sag, so wie bisher geht es mit Hans und mir nicht mehr weiter. Wenn er sich nicht grundlegend ändert, werde ich mich trenne müssen. Und das egal was der andere sagt. Das bin ich mir und Hannah schuldig." antwortete Maria „Was immer du entscheidest, ich werde hinter dir stehen und dir helfen. Bleibe nur dir selbst treu, sonst wirst du nur unglücklich werden." gab Iris zu bedenken.

Maria nickte und bedankte sich. Tief in ihrem inneren war sie aber noch nicht so überzeugt von sich selbst. Was würde sie tun, wenn Christian es ablehnte mit ihr zusammen zu leben? Hatte sie ihn das überhaupt schon gefragt, ob er das wollte? Noch nicht! Das musste sie unbedingt nachholen. Maria hoffte, dass sie für ihn mehr als nur ein flüchtiger Flirt sein würde. Und sie hoffte auch, dass er nicht gleich die Flucht ergreifen würde, wenn sie ihn danach fragte. Sie brachte Iris zur Tür und verabschiedete sich mit einer langen Umarmung von ihre Mutter.

Am Abend traf sie sich wieder mit Christian und hörte bei diesem Treffen vor allem auf ihr Herz. Es sehnte sich nach den Berührungen, seiner Zärtlichkeit und den Streicheleinheiten. Aber brauchte sie dazu Christian? Von Hans jedenfalls konnte sie ja offensichtlich nichts mehr erwarten. Oder doch?

Sie gab der Ehe noch eine letzte Chance, wäre aber auch überglücklich zu erfahren, dass sie mit Christian zusammen bleiben konnte. Nun war es bei Hans eine Entscheidung zu treffen.

7. Kapitel

Der Unfall

Wieder war eine Woche ins Land gegangen. Eine Woche, in der sie ihren Mann nicht gesehen hatte und in der sie sich wieder mal auf ein gemeinsames Wochenende freute, diesmal wollte sie aber auch klären, wie es mit ihre Ehe weiter gehen sollte. Dazu musste er wenigstens zuhause sein, so am Telefon ging das nicht. Da war sich Maria sicher, das war nicht ihr Stil. Als sie nach der Arbeit mit Hannah an der Hand nach Haus kam fand sie, statt ihrem Mann, nur einen Zettel vor. „Ich habe für Hans Wechselwäsche geholt. Er muss für ein paar Tage zu einem Meeting nach London. Viele Grüße Kristina." stand dort.

Maria kannte Kristina, die Assistentin ihres Mannes. Jung, blond und kurvenreiche Figur. So ganz das Gegenteil von ihr selbst, mit ihren schwarzen Haaren und den breiten Hüften. Doch dass sie nun schon von ihm in die Wohnung geschickt wurde, um Sachen zu holen und dass sie auch noch wusste, wo die Sachen zu finden waren, regte Maria umso mehr auf. Sie zerknüllte den Zettel und warf ihn wütend in den Mülleimer.

„Der hat doch eine Meise." sagte Maria und Hannah freute sich über diesen Spruch. So freudig war Maria aber gar nicht zumute. Wer weiß, was da zwischen ihrem Mann und seiner Assistentin auf all diesen Fahrten, auf die sie ihn immer begleitete, so läuft. Kristina sah Hans ja auch viel öfter als sie. Und das Hans gegen die blonde Frau immun sein würde, bezweifelte Maria. Aber konnte sie ihm irgendetwas vorwerfen? Sie dachte an sich und Christian und beruhigte sich wieder. Eine Entscheidung drängte sich immer mehr nach vorn.

„Einmal muss er ja mit mir reden." sagte sie schließlich. Hans muss beantworten, ob er diese Ehe weiterführen will, oder mit seiner Assistentin leben möchte. Marias Herz krampfte sich zusammen. Sie wollte ihn nicht verlieren, aber hatte sie das nicht schon? Mit wem sollte sie darüber reden? Da Hans nicht da war, blieb nur Christian. Sie griff zum Telefon und in diesem Moment rief Hans an.

„Hallo Schatz." sagte er „Am Freitagabend gehen wir ins Theater. Nimm dir nichts vor." „Versprichst du mir das?" fragte sie zweifelnd „Versprochen. Gib Hannah einen Kuss von mir." erwiderte er „Das mache ich. Ich liebe dich.

Schlaf schön." antwortete Maria „Ich liebe dich." sagte Hans und legte auf. Marias Zorn war wieder vollkommen verflogen. Bis Freitag waren es nur noch zwei Tage.

„Mal schauen, ob er Wort hält. Das ist seine letzte Chance." sagte Maria und brachte ihre Tochter ins Bett. Später klingelte Christian an der Tür und Maria ließ ihn ein. Sie redeten den ganzen Abend, wie es weiter gehen sollte und Maria vertröstete ihn auf das kommende Wochenende mit der Entscheidung, die sie ja eigentlich in ihrem Innersten schon getroffen hatte. Erst spät in der Nacht trennten sie sich mit einem Kuss an der Tür. „Wird er diesmal Wort halten?" fragte sie sich erneut, als sie die Treppe zu ihrem Schlafzimmer nach oben ging und „Was bedeutet es für meine Ehe und für mich und Christian?" Im Traum stand sie zwischen den beiden, wem sollte sie sich zuwenden?

Gespannt kam Maria am Freitag nach Hause, sie hatte sogar eher Feierabend gemacht, und wurde von Hans an der Tür mit einem Kuss begrüßt. „Zieh dich schnell an, wir fahren dann gleich los. Deine Mutter passt auf Hannah auf." sagte er und Maria sauste nach oben. Sie verschwand im Bad und ging dann ins Schlafzimmer, wo das Kleid schon seit zwei Tagen am Schrank hing. Ihr bestes und schönstes, gerade gut genug für so einen Anlass. Er erwartete sie unten an der Treppe stehend, sagte aber nichts über das schöne Kleid, auch nichts darüber wie toll sie aussah und Maria war schon ein wenig enttäuscht. Sie schob dies aber auf seine Unaufmerksamkeit. Eine Stunde fuhren sie schweigend, nebeneinander sitzend, bis zu der Stadt und parkten in einem Parkhaus.

Vor der Theatervorstellung gingen sie noch in ein exklusives Restaurant. Hans war so nett und aufmerksam wie schon seit Jahren nicht mehr. Jetzt, hier war er wie ausgewechselt zu dem, wie er sich gerade noch auf der Fahrt und Zuhause gegeben hatte. Maria lachte und fühlte sich gut. Im Moment war Christian vollkommen vergessen. Sie fühlte sich geliebt und das gefiel ihr. Eingehakt gingen sie zu dem Theater hinüber. Sie saßen allein in einer Loge, von der aus sie direkt auf die Bühne hinunter schauen konnten. Das Licht verlosch und der Vorhang öffnete sich.

Der Abend im Theater war sehr schön und sie schmiegte sich die ganze Zeit an ihren Mann. Erst spät in der Nacht fuhren sie zurück. Im Auto begann er zu erzählen, warum wusste er vermutlich selbst nicht „Ein Kunde von mir hatte kurzfristig abgesagt und Kristina hatte keine Zeit." Maria schaute ihn von der Seite aus an. Mit nur einem Satz hatte er den ganzen Abend und die romantische Stimmung zerstört. Sie starrte nach vorn in die Dunkelheit. War das Absicht, dass er sie so verletzte? Oder war er nur zu ungeschickt?

Ihr hier im Auto zu sagen, dass er seine Frau nur mitgenommen hatte, weil seine Assistentin keine Zeit gehabt hatte, war der Tropfen, der das Fass zum Überlaufen gebracht hatte. Die Gedanken, die sie schon die ganze Zeit bewegt hatten, waren beantwortet worden, ohne dass sie eine Frage hatte stellen müssen. Hans hatte unbewusst eine Entscheidung getroffen und sie dachte nach, ob sie nicht schon am nächsten Tag mit Hannah ausziehen sollte. Ihr Hals krampfte sich zusammen und Tränen stiegen auf. Tränen über die vergangenen Jahre? Oder über die verschwendete Zeit? Sie sah durch ihre Tränen hindurch nur das Licht auf den Reflektoren an der Seite der Landstraße hindurchblitzen. Wie konnte er nur? „Wenn wir zu Hause sind, dann werde ich ihn aus dem Schlafzimmer werfen!" dachte sie sich und wischte sich mit dem Handrücken die Tränen weg.

Sie näherten sich wieder ihrer Heimatstadt, als Maria kurz vor dem Ortseingangsschild, hinter einer Bergkuppe auf einmal etwas Schwarzes, Großes unmittelbar vor dem Auto mitten auf der Straße sah. Maria schrie und nahm schützend die Hände hoch. Hans bremste und riss das Steuer herum. Dann krachten sie in das Hindernis. Maria erlebte alles wie in Zeitlupe. Das Krachen, das Splittern des Glases und der sich öffnende Airbag, dann wurde es dunkel um sie herum.

8. Kapitel

Eine Erkenntnis

Ein stechender Schmerz riss sie aus der Dunkelheit. Maria fasste sich an den Kopf und ihre Finger griffen in etwas Warmes, Feuchtes. Sie brauchte einen Moment um zu realisieren, dass das ihr eigenes Blut war, das da über ihre Stirn lief. „Wo ist mein Telefon?" dachte die Frau und lauschte, als ob sie es dadurch finden konnte. Es war Stille im Auto, kein Geräusch war zu hören. Maria drückte die Taste der Warnblickanlage und das leise Ticken des Signalgebers machte sich bemerkbar.

Sie fand ihre Handtasche im Licht der Blinker und zog das Telefon heraus. Wie viele Minuten mochten seit dem Unfall vergangen sein? Zehn, zwanzig? Oder nur fünf? Sie drückte die Notruftaste und wartete. Unendlich lang schien es ihr, bis sich die Notrufleitstelle meldete. Mit leiser, immer wieder versagender, Stimme erklärte Maria die Unfallstelle und sah zu ihrem Mann, der neben ihr im Sitz hing, als ob er schlafen würde.

Die Frau versuchte sich zu ihm zu beugen und ein Schmerz in der Schulter zwang sie, das Telefon wieder aus der Hand fallen zu lassen. Von fern hörte sie die Stimme des Mannes von der Leitstelle, der ihr erklärte, dass ein Rettungswagen unterwegs war. Irgendwo hinter dem Sitz war das Telefon gelandet. Unerreichbar weit entfernt von ihr. Sie sah nach vorn, wo einmal die Scheibe gewesen war. Im zuckenden Gelb der Blinker, die seltsam nach oben strahlten, sah sie einen dunkelgrauen Kasten, der ungefähr da stand, wo vor ein paar Minuten noch der Motor des Autos gewesen war. Sie hätte die Hand bis dorthin ausstrecken können, so nahe stand er.

Zur Seite schauend versuchte sie zu erkennen, wie es Hans ging. Er war seltsam bleich, aber vielleicht war das auch dem gelben Licht der Blinker geschuldet. Sie hielt sich die rechte Schulter und biss die Zähne zusammen. Der Schmerz war gerade so zum Aushalten. Sie streckte den linken Arm aus und berührte Hans, aber auch dabei zeigte er keine Regung. „Hans, wach auf!" rief sie, doch auch darauf kam nichts von ihm zurück. Sie erwischte seinen Arm, er hatte noch einen Puls, das konnte sie in den Fingerspitzen spüren. Erleichtert atmete sie auf. Sie versuchte ihn an der Schulter wachzurütteln, was ihr aber nur weitere Schmerzen bereitete und darum ließ sie davon ab.

Maria hörte die Signale des Rettungswagens und etwas blaues Licht vermischte sich mit dem Gelb der Blinker. Ein paar Männer versuchten die Tür auf Marias Seite aufzuziehen, doch die war so stark verformt, dass das nicht ging. Mit einer Brechstange gelang es ihnen schließlich die Tür so weit aufzustemmen, das einer nach Innen greifen konnte und Maria heraus zog, nachdem er den Gurt an ihrer verletzten Schulter durchschnitten hatte. Sie schrie auf, als er an ihre Schulter kam.

Jemand trug Maria nach hinten und legte sie auf einer Liege ab. Sie schaute nach oben und erkannte Christian, der sich in der Uniform eines Rettungssanitäters über sie beugte. „Wie geht es dir?" fragte er fast ängstlich. „Die Schulter und die Hüfte tun weh." antwortete Maria und zeigte mit der Hand dort hin. Ein Arzt tastete sie ab und sie zuckte zusammen. Fast hätte sie geschrien. „Die Schulter ist vermutlich gebrochen. Die Hüfte anscheinend nur geprellt." sagte der Arzt und klebte ihr ein Pflaster auf die Stirn, um diese Wunde kurz zu versorgen.

Die Frau sah Feuerwehrleute mit Geräten an ihr vorbei zum Auto laufen und als man sie in den Rettungswagen schob, hörte sie das Kreischen von schweren Geräten von dort. Vermutlich schnitten die Männer das Auto auf um so an Hans heran zu kommen. „Lebte er noch?" fragte sie sich. Die Türen des Rettungswagens wurden geschlossen und das Fahrzeug setzte sich in Bewegung. „Ihr habt einen Müllcontainer gerammt, den irgendjemand auf der Straße verloren hat." sagte Christian, der neben ihr saß und zusammen mit dem Arzt eine Infusion bei ihr anlegte. Wieder wurde es schwarz vor ihren Augen.

Das Nächste was sie sah, war ein langer Gang mit einer weiß gestrichenen Decke und Leuchtstoffröhren über ihr. Ein paar Frauen schoben sie durch den Gang sowie ein paar Türen und wenig später lag sie im Operationssaal. Ein maskierter Mann beugte sich über sie. „Sie werden jetzt etwas schlafen und danach ist ihre Schulter fast wieder wie neu." versuchte er einen Scherz. Er drückte eine Maske auf ihr Gesicht und wieder wurde es dunkel. Als sie wieder erwachte lag sie in einem Krankenzimmer und die Schulter war dick eingepackt. Ein Arzt stand vor ihrem Bett und lächelte sie an.

„Sie haben großes Glück gehabt. Die Hüfte ist nur geprellt, die Wunde an der Stirn haben wir mit zwei Stichen genäht, die Schulter haben wir geschraubt und ihrem Kind geht es auch gut." sagte er kurz zusammen fassend. „Hannah war doch gar nicht im Wagen." sagte Maria schwach. Der Arzt schüttelte den Kopf und sagte „Nein, das hier." dabei drückte er ihr ein schwarz weißes Ultraschallfoto in die Hand, das er aus einer Akte nahm. „Ich schätze mal, etwa zwölfte Woche." Die Frau starrte ungläubig auf das Bild und begann zu rechnen.

Die erste Nacht mit Christian war in etwa zwölf Wochen her. „Wie geht es meinem Mann?" fragte sie, doch der Arzt machte ein bekümmertes Gesicht. „Der wird noch operiert. Es hat ihn offensichtlich schwerer erwischt als sie. Da kann ich ihnen noch nichts sagen." dann verließ er das Zimmer. Wenig später kam ihre Mutter mit Hannah in das Zimmer. Maria versuchte sich aufzusetzen, doch die frisch operierte Schulter tat dabei zu weh. Sie drückte einfach im Liegen die Tochter an die gesunde Schulter.

Iris schaute auf das Foto auf dem Nachtisch und nahm es in die Hand. „Von wem ist es?" fragte sie und sah das zweifelnde Gesicht ihrer

Tochter. Eigentlich hätte sie das gar nicht fragen brauchen. Maria hatte ihr ja schon erzählt, wie ihr Eheleben so im Moment aussah. „Onkel Christian wartet draußen." sagte Hannah und Maria zuckte zusammen. „Das hier sollte er vorerst nicht sehen. Oder?" sagte Iris und schob das Bild in die Schublade des Nachtisches. „Holst du ihn bitte rein?" fragte Maria und ihre Mutter nickte. Sie nahm Hannah an die Hand und verließ das Zimmer.

9. Kapitel

Auf Leben und Tod

Mit einem quietschenden Geräusch öffnete sich die Tür des Krankenzimmers. Christian hatte noch seine Uniform mit den leuchtenden Streifen an, die er schon in der Nacht getragen hatte, als er in das Zimmer trat. „Meine Schicht ist gerade zu Ende." sagte er, so als ob er sich dafür entschuldigen müsste, jetzt erst bei ihr zu sein. Er zog sich einen Hocker zum Bett und setzte sich an Marias Kopfende. Dann ergriff er ihre Hand und schaute sie eine ganze Weile nur einfach still an, so als ob er seine Augen nicht mehr von ihr lassen konnte. „Ich bin so froh, dass du noch lebst. Ihr habt mächtiges Glück gehabt." begann er.

„Na ja." unterbrach sie ihn und zeigte auf die dick verbundene Schulter „Wie man es nimmt. Hast du was von meinem Mann gehört?" fragte Maria weiter, aber er schüttelte den Kopf. „Es ist wohl nicht der richtige Moment, dich zu fragen wie dein Abend war und ob du ihn fragen konntest. Oder?" setzte Christian die Unterhaltung fort. Sie stemmte sich mühsam hoch und er drückte ein Kissen in ihren Rücken. Diesmal ging der Schmerz deutlich besser auszuhalten als noch vor ein paar Minuten.

Maria sah zum Fenster hinaus und überlegte. „Zuerst war es schön und ich dachte schon alles wird wieder gut. Kurz vor dem Unfall hat er mir dann gesagt, dass ich nur der Notnagel war, damit die teure Karte nicht verfällt." sie sah ihn an. „Was heißt das nun für uns?" fragte er und als Antwort küsste sie ihn. In dem Moment klopfte es an der Tür und eine Schwester schaute in das Zimmer herein. Christian stand auf und ging zu Tür. Er tuschelte mit der Schwester und kam wieder zu Maria zurück.

„Deinem Mann geht es nicht gut. Ich gehe zum Arzt, damit er dir alles erklärt." sagte er, küsste sie und verließ mit der Schwester den Raum. Wenig später kam der Arzt zurück und setzte sich zu Maria. „Ihren Mann hat es sehr schwer erwischt. Er hat viele Innere Verletzungen. Wir mussten ihn zweimal während der Operation wiederbeleben. Jetzt haben wir ihn stabilisiert, aber er ist noch nicht über den Berg. Momentan haben wir ihn ins künstliche Koma gelegt. In den nächsten zwei Tagen fällt bei ihm die Entscheidung über Leben oder Tod." erklärte er.

Maria hörte fast unbeteiligt zu, wie der Arzt ihr dies erklärte. So, als ob der Arzt über einen völlig Unbekannten redete und nicht über ihren Mann. „Kann ich ihn sehen?" fragte sie schließlich und wusste selbst nicht, warum sie zu ihm wollte, hatte er denn nicht im Auto praktisch mit ihr Schluss gemacht? Oder sie mit ihm?. „Ich schicke ihnen eine Schwester, die wird sie auf die Intensivstation bringen." sagte der Arzt und stand auf. Ein paar Minuten später kam die Schwester, die vorher mit Christian das Zimmer verlassen hatte, mit einem Rollstuhl und holte Maria ab. „Schwester Lisa" stand auf dem Namensschild.

Zuerst wollte Maria laufen, doch nach ein paar Schritten, sie war noch nicht mal bis zur Zimmertür gekommen, war sie ganz froh über den Rollstuhl. Die Hüfte tat noch zu sehr weh. Sie wurde von Lisa über den Flur geschoben und mit dem Lift nach oben gefahren. Nach vielen Türen und Fluren waren sie endlich da. Sie sah durch eine Scheibe zu ihrem Mann hinein.

Schläuche und Kabel führten zu vielen Geräten, die ringsum standen. Überall blinkte und piepte es. Maria schob sich in das Zimmer hinein und blieb neben dem Kopf ihres Mannes sitzen. Sie sah ihn eine ganze Weile an. Bleich und unbeweglich lag es da. „Komm zurück. Ich möchte nicht, dass es so endet. Ich will eine Entscheidung von dir. Für mich oder gegen mich. Hörst du mich?" fragte sie und im selben Moment begann eines der Geräte kurz zu blinken.

Sie nahm es als Bestätigung ihres Wunsches und wendete sich der Tür zu, als ein anderes der Geräte anfing zu Pfeifen. Die Schwester holte sie schnell heraus und ein paar Ärzte liefen in das Zimmer. Hektisch wurden verschiedene Geräte ausgepackt und angeschlossen. Nach ein paar Minuten kam einer der Ärzte heraus und nickte ihr nur zu. „Alles gut." sollte das sicher heißen, die hektische Geschäftigkeit von vor ein paar Augenblicken sagte aber etwas anderes. Zusammen mit der Schwester fuhr sie wieder nach unten, wo Christian schon auf dem Gang vor ihrem Zimmer wartete. Sie schüttelte nur den Kopf und sagte nicht. Er übernahm den Rollstuhl von der Schwester und schob Maria in das Zimmer hinein.

Mit seinen kräftigen Armen hob er sie an und setzte sie ganz sanft in dem Bett ab. Mit einer zärtlichen Bewegung deckte er sie zu und strich ihr sanft über die Wange. „Du musst erst mal eine Runde schlafen." sagte er zu ihr und tat jeden ihrer Proteste mit einer Handbewegung ab. Er küsste sie und wenig später war sie vor Erschöpfung eingeschlafen. Erst am nächsten Morgen erwachte sie wieder. Die Schmerzen in der Schulter hatten soweit nachgelassen, dass sie schon fast nichts mehr davon merkte. Die Hüfte tat ihr viel mehr weh. Maria setzte sich auf und holte das Foto aus der Schublade. Sie begann mit einer stillen Zwiesprache mit ihrem Kind. Hatte sich dadurch etwas geändert? Wenn Maria vorher noch irgendeine Bestätigung gesucht hätte, dass Christian der richtige war, so war diese nun gefallen. Aber was würde er zu einem Kind sagen?

Konnte sie ihn wirklich so vor vollendete Tatsachen stellen. Mit dem Satz „Schatz, wir bekommen ein Kind.", so wie sie das damals zu Hans gesagt hatte, ging das diesmal nicht. Was hatte sie eigentlich gehindert, die frohe Botschaft schon am Vortag preis zu geben? Irgendein Gefühl war da gewesen, das gestört hatte, nur welches? Sie legte das Bild zurück und schaute aus dem Fenster. Ein kleiner Teich lag direkt vor ihrem Zimmer und irgendwie musste sie im Moment an die frische Luft. Maria klingelte nach der Schwester und eine junge Frau kam zur Tür herein. Sie half Maria in den Rollstuhl und schob sie bis zum Fahrstuhl. Wenig später saß Maria im

Freien und ließ sich die Sonne ins Gesicht scheinen.

10. Kapitel

Hin und her gerissen

Zwei Tage lag sie nun schon hier im Krankenhaus. Wann immer Christian Zeit hatte, und seien es auch nur ein paar Minuten zwischen zwei Einsätzen mit seinem Rettungswagen, war er bei ihr gewesen. Zum Zustand ihres Mannes hatte sie nicht viel erfahren, die Schwestern wussten nichts und die Ärzte ließen sie im Unklaren, vermutlich um sie zu schonen. Sollte sich nicht nach zwei Tagen entscheiden, wie es mit Hans weiter ging? Da sie den Weg noch kannte machte sie sich einfach auf den Weg, um nachzusehen, wie es um ihn stand.

Maria hatte sich mit ihrer Krücke bis nach oben in dem Krankenhaus gekämpft, wo die Intensivstation unter dem Dach war. Jetzt lehnte sie mit dem Rücken an der Wand vor der Stationstür und versuchte wieder zu Atem zu kommen. Es war ganz schön anstrengend gewesen und es dauerte ein paar Augenblicke, bis sie feststellte, dass keine drei Meter neben ihr eine Bank stand. Sie ließ sich dort nieder und eine Schwester kam besorgte auf sie zu.

„Fehlt ihnen was? Kann ich ihnen helfen?" fragte die Frau, aber Maria schüttelte nur den Kopf. „Können sie mir ein Glas Wasser geben?" rief sie dann aber doch der Schwester hinterher, die kurz darauf mit einem Becher zurückkam, den sie Maria gab. „Danke, das nächste Mal nehme ich wieder den Rollstuhl." sagte Maria, versuchte ein Lächeln und gab den leeren Becher zurück.

Sie stand auf und ging die letzten paar Schritte bis zur Tür. Durch das Glas der Stationstür sah sie eine junge, blonde Frau in das Zimmer ihres Mannes gehen. Diese Frau konnte nur eine sein, Kristina. Es war die Assistentin ihres Mannes. Auch wenn sie jetzt besonders lange blonde Haare hatte, hatte Maria sie sofort wieder erkannt. Ihr letztes Zusammentreffen war fast ein Jahr her und bis vor ein paar Tagen hatte sich Maria nur wenige Gedanken darüber gemacht, was ihr Mann mit seiner Assistentin so anstellte, wenn sie unterwegs waren. Vielleicht hatte sie es auch gar nicht wissen wollen und nun war es ihr fast egal, oder doch nicht?

Maria schaute in das Zimmer und sah, wie sie liebevoll über das Gesicht von Hans strich. Leise zog sie sich zurück und setzte sich wieder auf die Bank. Wenn Kristina nicht an jenem Abend verhindert gewesen wäre, so würde sie jetzt vielleicht hier sitzen und Maria wäre dort drin im Zimmer bei Hans gewesen. Hatte ihre Ehe eigentlich noch einen Sinn? Oder waren sie schon lange getrennt und sie hatte es bloß noch nicht gemerkt? Vor zwei Tagen erst hatte sie den Schlussstrich gezogen. Und Hans? Vielleicht schon vor fünf Jahren? Ein Arzt kam vorbei und Maria fragte ihn, wie es um ihren Mann stand.

Nach einer längeren Aufzählung vieler fremd klingender medizinischer Begriffe kam der junge Arzt endlich zum Schluss seiner Ausführungen. Die so ziemlich nichtssagend waren, aber eben auch nicht schlecht klangen. Kurz zusammengefasst „Den Umständen entsprechend geht es ihrem Mann gut." Das konnte alles heißen oder nichts. Der Arzt verschwand und ließ sie im Flur auf der Bank eher ratlos zurück. Sie versuchte aufzustehen, doch die Krücke fiel in den Gang. Die Schwester kam angelaufen und half ihr beim Aufstehen.

Gemeinsam mit der jungen Frau ging Maria in ihr Zimmer zurück. Sie sah das Zimmer und dachte an den kleinen Teich. „Ich muss hier raus." sagte sie laut, nachdem die Schwester gegangen war, drehte sich zur Tür um und sah den

Rollstuhl, der in der Ecke des Zimmers stand. Diesmal würde sie ihn benutzen und nicht die Krücke, obwohl sie die sicher auch nicht unbedingt brauchen würde. Die Hüfte tat nur noch bei einigen Bewegungen weh, sonst schien alles wieder in Ordnung zu sein. Maria zog den Rollstuhl zu sich, setzte sich hinein und rollte zum Fahrstuhl. Wenig später saß sie wieder im Park hinter dem Krankenhaus und schaute auf den kleinen Teich. Zwei Schwäne schwammen dort nebeneinander her. „Sind das Hans und ich, oder bin ich das mit Christian?" fragte sie laut vor sich hin.

Sie blickte auf und sah Christian den Weg zum Teich herunter kommen. Sie winkte ihm zu und er ging schneller auf sie zu. „Hier bist du. Ich habe dich schon überall gesucht." sagte er und sie schaute ihn glücklich an. Er war ihr Schwan und die Antwort auf ihre Frage. „Morgen wirst du entlassen. Ich habe gerade mit dem Stationsarzt gesprochen." begann er und schon schob er sie durch den Park. Sie begannen sich über alles Mögliche zu unterhalten.

In immer enger werdenden Kreisen näherten sie sich dem Eingang des Krankenhauses. Christian schob sie in ihr Zimmer. Sie stand auf und streifte den Bademantel ab. Das Kleidungsstück fiel zu Boden und als sie sich danach bücken wollte wurde ihr kurz schwarz vor Augen. Sie schwankte etwas und er trat schnell auf sie zu und hielt sie fest. So blieben sie einfach ein paar Minuten stehen. Sie sahen sich in die Augen und schließlich trafen sich ihre Lippen. Er hob sie an und trug sie zu ihrem Bett. Langsam legte er sie ab und sie genoss es wie er ihr den Kittel abstreifte und seine Hände zärtlich über ihren Körper strichen, über die Brust, um dann auf ihrem Bauch ruhig liegen zu bleiben..

Maria drückte sich seinen Zärtlichkeiten entgegen. Dann legte sie sich so hin, dass ihre Hüfte nicht wehtat. Nur das Quietschen des Krankenbettes störte die romantische Atmosphäre. Später stand er wieder auf und strich liebevoll über ihr Gesicht. Glücklich lächelnd schlief sie ein. Im Traum war alles so klar. Sie lebte mit Christian und ihren zwei Kindern, Hans war weit weg und höchstens mal zu Besuch da. So viel änderte sich da für ihn gar nicht zu bisher. War dieser Unfall nicht einfach ein Zeichen für einen Wandel? Alles hätte zu Ende sein können. So von einer Minute zur anderen. Ihr war die Chance für einen Neuanfang geschenkt worden. Diese musste sie einfach nutzen. Sie drehte sich im Traum zu Christian und der fing sie auf.

In diesem Traum hatte sie das Gefühl ihm unendlich zu vertrauen, aber noch immer hatte sie ihm das Bild nicht gezeigt. Hatte sie Angst vor seiner Antwort? Würde er sie deshalb verlassen? Sie wusste es nicht und hatte doch vor etwas Angst.

11. Kapitel

Ist es Liebe?

Sie erwachte, als Hannah in das Zimmer gestürzt kam. „Mamma, du hast ja gar nichts an." rief die Tochter und Maria zog sich die Bettdecke hoch, die zur Seite gerutscht war. Hinter ihr kam Iris und eine Schwester ins Zimmer. Der Verband an der Schulter wurde abgemacht und die Schwester kontrollierte schnell die Narbe, nach ihrem Gesicht zu urteilen, war sie mit dem Heilungsprozess sehr zufrieden.

Nun konnte auch Maria ihre Schulter betrachten. Die Narbe war nicht sehr groß und wenn die blaue Farbe nicht gewesen wäre, so hätte man nicht mehr viel von dem Unfall gesehen. Die Hüfte tat viel mehr weh, als die Schulter. Sie hatte auch noch in der Nacht auf dieser Seite gelegen, ohne es zu merken. Mit einem Ächzen setzte sie sich auf. Die ersten Schritte gingen nicht so gut. Auf ihre Mutter gestützt ging Maria in die Dusche. Sie setzte sich auf einen Hocker unter das warme Wasser. Die Frau genoss das Streicheln der warmen Tropfen auf der Haut und dachte dabei an Christians Hände, die am Tag zuvor genauso über ihren Körper gewandert waren.

Iris half ihr beim Abtrocknen und anziehen, während Hannah mit einem Plüschtier in dem Krankenzimmer spielte. Wenig später saß Maria wieder im Bett und wartete auf die Visite, als Christian in das Zimmer kam. Maria strahlte ihn an, bekam aber im Moment kein Wort heraus. Hatte der Traum sie so verunsichert? „Hast du gut geschlafen?" fragte er und küsste sie. Maria nickte und überlegte, ob sie ihm das Ultraschallfoto zeigen sollte, das neben ihr im Nachtschrank lag, aber er drehte sich schon wieder von ihr weg.

Christian verließ das Zimmer wieder und Iris schaute ihre Tochter an. Sie hatte Marias Blick auf den Nachtschrank gesehen, zog die Schublade auf und nahm das Bild heraus. „Hast du es ihm schon gezeigt?" Maria schüttelte den Kopf und bemerkte, dass ihre Mutter dieselben Gedanken hatte wie sie selbst. Sie nahm das Bild, stand auf und steckte es in die Tasche des Bademantels. Vorsichtig ging sie auf den Flur und sah Christian, der gerade eine junge blonde Frau, eine der Schwestern, umarmte und küsste.

Stumm stand sie da und konnte es nicht fassen. Gerade eben hatte er sie noch im Zimmer geküsst und nun küsste er eine andere hier im Flur. Sie drehte sich um und schlurfte traurig in das Zimmer zurück. Ohne einen Blick ging sie an Iris und Hannah vorbei und blieb am Fenster stehen. Sie legte die Stirn an das kühle Glas und sah hinaus. Eigentlich sah sie nichts, sie starrte nur so vor sich hin. Tränen begannen über ihre Wangen zu laufen. Ihre Hand krampfte sich um das Bild in ihrer Tasche. Alles aus! Schon wieder? Warum hatte sie kein Glück mit Männern?

„Kann ich die Helfen?" fragte ihre Mutter. „Nein, wir sehen uns dann zuhause." antwortete Maria durch die Tränen hindurch. Iris nahm Hannah bei der Hand und zusammen verließen sie das Zimmer. „Har er mir je gesagt, dass er mich liebt?" fragte sich Maria in Gedanken. Sie konnte sich im Moment nicht daran erinnern. Liebte sie ihn? Sicher, aber hatte sie ihm das auch gesagt? Nein, stellte sie entsetzt fest.

Sie hatte sich alle Wege offen halten wollen und nun stand sie vor den Scherben. Nun war alles aus. Hans hatte sie gerade verloren und Christian? Den wollte sie im Moment nicht mehr unter die Augen treten. Zu groß war ihr Schmerz.

War sie für ihn nur ein Abenteuer gewesen? Wer war diese Frau, die er da gerade eben geküsst hatte? So viele Fragen, so wenige Antworten.

„Diese verdammten Gefühle!" stöhnte sie laut und wischte sich mit dem Handrücken die Tränen ab, als die Zimmertür aufflog und Sigrid in das Zimmer gestürzt kam. Sie hatte eine Zeitung in der Hand und lief auf Maria zu. „Schau mal, dein Schmuck ist ein voller Erfolg." rief sie zur Begrüßung und umarmte die verdutzte Freundin. Mit so einer Begrüßung hatte sie nicht gerechnet. Aller Kummer war sofort vergessen. Zusammen schlugen sie die Illustrierte auf, in die Sigrid schon ein paar Eselsohren als Lesezeichen gemacht hatte.

„Ich war mit Frau Göbelin dort. Es war so Klasse. Du hättest mit kommen sollen." sagte Sigrid und zeigte die Bilder der Models, die Marias Schmuck trugen. „Deine Dracoli Serie war der Hit. Alle Promis wollen den tragen. Wann kannst du wieder zu uns zur Arbeit kommen?" fragte Sigrid. „Ich bin noch zwei Wochen krankgeschrieben, aber ich kann ja von zuhause aus auch was Zeichnen. Du müsstest es dann nur abholen und mit zu Katharina nehmen." begann Maria und als sie den fragenden Blick Sigrids sah setzte sie dazu „Zu Katharina Göbelin." „Vielleicht kann ich mich ja durch die Arbeit ablenken." dachte sich Maria.

Wieder öffnete sich die Zimmertür und die Visite begann. Maria setzte sich ins Bett und der Chefarzt untersuchte ihre Schulter und die Hüfte. Er war aber mit dem Ergebnis der Untersuchung genau so zufrieden, wie die Schwester zuvor und schon ein paar Minuten später hatten die beiden Frauen Marias Sachen in den kleinen Koffer gepackt und in Sigrids Auto verladen. So schnell es ging fuhren sie nach Hause, aber Maria krallte sich den ganzen Weg in die Armlehne, schließlich war das ihre erste Fahrt nach dem Unfall.

Zuhause angekommen fiel ihr auf, dass sie sich bei dem Arzt nicht noch einmal nach der Gesundheit von Hans erkundigt und ihn auch vor ihrer Abfahrt nicht noch mal besucht hatte. Hatte sie schon mit ihm abgeschlossen? Tief in ihrem inneren kämpften Hans und Christian um ihre Seele, um ihre Liebe. Sie sah sich da eher abwartend daneben stehend. „Männer!" war alles was sie dazu im Moment sagen hatte. Eigentlich wollte sie im Moment von keine von beiden mehr etwas wissen. Beide hatte sie nur enttäuscht.

Maria stellte den Koffer in dem Flur ab und Sigrid zog hinter ihnen die Tür zu. Das Geräusch der sich schließenden Tür klang durch das ganze Haus. Von oben kam Hannah die Treppe herunter gelaufen, gefolgt von Iris, die ihr zurief „Du bist ja schon da. Ich wollte dir gerade etwas Leckeres kochen." „Das können wir doch auch zusammen." entgegnete Maria, die gerade ihren Mantel weghängte.

12. Kapitel

Ein Wandel der Gefühle

Immer noch war sie traurig, aber die Arbeit lenkte sie ab. Wie schon früher ging es ihr immer gut, wenn sie etwas mit den Händen tun konnte und auch Iris wusste das. Vermutlich hatte sie daher diese Form der Beschäftigung gewählt. Bei der Vorbereitung des Essens hatte Maria eine sitzende Position am Tisch eingenommen und das Gemüse geputzt, während die anderen beiden Frauen hinter ihr am Herd standen.

Sie unterhielten sich über alles Mögliche, nur Männer waren im Moment aus dem Gespräch ausgeklammert. Sigrid erzählte von ihren Erlebnissen auf der Modemesse und Maria beneidete sie fast ein wenig darum. Dass ihr Schmuck so gut angekommen war, gefiel ihr natürlich. So kam sie ihrem Traum, als Designerin zu arbeiten, einen großen Schritt näher, denn das hatte Katharina ihr ja versprochen. Obwohl sie eigentlich wieder Fit war, versuchte sie die Hüfte so weit wie möglich zu schonen. Gemeinsam hatten sie den Tisch gedeckt und gemeinsam hatten sie gegessen.

Eine ganze Weile hatte sie sich weiter mit Iris und Sigrid unterhalten. Das Essen, das sie zu dritt gezaubert hatten schmeckte nach der Krankenhauskost noch einmal so gut. Satt und zufrieden saßen sie am Tisch und nun redeten sie auch über Männer. Eigentlich hatte nur Sigrid als erfolgreicher Single da Erfahrung. Iris hatte sozusagen ihren ersten festen Freund geheiratet, so war das eben damals, und bei Maria sah es mit den beiden missglückten Versuchen, Hans und Christian, nicht viel besser aus. Auch sie war mit ihren ersten festen Freund vor den Traualtar getreten.

Aber bei all dem, was Sigrid so über ihre Eroberungen erzählte, wusste Maria nicht, ob sie die Freundin beneiden oder bedauern sollte. Selten hatte es ein Mann länger bei der Freundin ausgehalten, aber war das ein Maßstab für sie? Sie dachte an die letzten Jahre mit Hans. Ihr Blick ging zum Fenster hinaus und sie sah wieder die Schwalben. Eine kleine intakte Schwalbenfamilie. Nur ihre eigene war irgendwie in Trümmer zerfallen. Sie verschränkte ihre Arme vor ihrem Bauch, so als würde sie das kleine Wesen darin, das im Moment etwa so groß war wie ihre Hand, vor den Übeln der Welt beschützen müssen.

Sie zog das Bild aus der Tasche und legte es Sigrid wortlos hin, der sofort der Mund offen blieb. „Von wem?" war ihre Frage und Maria zuckte mit den Schultern, obwohl sie sehr gut wusste, wer dafür nur in Frage kam. „Willst du es behalten?" fragte Sigrid und Maria fiel ein, dass sie darüber noch gar nicht nachgedacht hatte. Bisher war da gar kein Zweifel in ihr aufgekommen. Natürlich freute sie sich über das Kind und natürlich würde sie es behalten. Irgendwie würde da schon ein Weg zu finden sein. Sie schaute zu Hannah und fragte sich gleichzeitig, wie es in ihrer Ehe weiter gehen sollte. Eigentlich hatte sie ja schon keine Ehe mehr, die stand ja nur noch auf dem Papier. Was würde sie aber nun tun? Alleine mit zwei Kindern?

Spontan sagte sie „Ja." und in ihrem inneren wühlte etwas. Das kleine Wesen in ihr begann Fragen zu stellen. Nicht auf alle hatte Maria eine Antwort. Die wichtigste Frage von allen war, wie sollte es weiter gehen? Iris begann den Tisch abzuräumen. Als Maria ihr helfen wollte drückte ihre Mutter sie, mit den Worten „Du ruhst dich erst mal richtig aus.", wieder auf den Stuhl zurück. Immer mehr seltsame Gefühle begannen in ihrem Herz zu kreisen und viele Gedanken jagten durch ihren Kopf. Sie ging zum Sofa und legte sich hin. Ein Grummeln in ihrem Bauch kam noch dazu.

Von fern hörte sie das Klappern der Teller aus der Küche. Später rief Iris „Ich nehme Hannah mit zu mir." und nachdem sich auch Sigrid verabschiedet hatte zog Ruhe im Haus ein. Marias Blick wanderte wie von selbst zur Tür und blieb an der Aktentasche von Hans hängen, die er dort hingestellt hatte. Maria konnte ihre Augen nicht mehr von der braunen Tasche wenden. Sie stand auf und holte sich die Tasche zum Sofa. Eine Weile überlegte sie, ob sie diese wirklich öffnen sollte. Was würde sie darin finden? Was hoffte sie zu finden und was nicht?

Leise schnappte der Verschluss auf und sie öffnete den Deckel. Ein paar Papiere, Rechnungen, Akten und der kleine Computer waren darin. Sie breitete alles auf dem Tisch aus, aber in den Papieren waren nur Dinge aus seiner Arbeit. Blieb der PC. Sie klappte ihn auf und drückte die Starttaste. Mit einem surren begann der Rechner zum Leben zurück zu kommen. Der Bildschirm begann zu leuchten und die Passwortabfrage blinkte.

Was konnte sein Passwort sein? Der Hochzeitstag sicher nicht und auch nicht ihr Geburtstag. Beides vergaß Hans regelmäßig. Vielleicht Hannahs Geburtstag. Sie Tippte die Zahlen ein, aber eine Aufschrift lehnte das Passwort ab. Vielleicht Hannahs Name, wieder tippte sie die Zeichen in die Maske auf dem Bildschirm, aber auch der Name der Tochter wurde abgelehnt. Maria lehnte sich zurück.

Ihr Blick ging im Zimmer umher und blieb am Hochzeitsfoto hängen. Vielleicht ihr eigener Name? Wohl eher nicht! Was dann? Nur noch ein Versuch stand auf dem Computer und blinkte böswillig vor sich hin. Sie dachte weiter nach und tippte das Wort „Kristina" in die Tastatur. Sie betete, das gleich kommen würde „Dritter Fehlversuch", doch als sie OK drückte ging der Bildschirm an und gab die Daten frei.

Maria holte tief Luft. War das schon die Antwort auf ihre Frage gewesen? Was sollte sie nun schauen? Vielleicht nach seinen Emails? War es richtig ihm hier hinterher zu schnüffeln? Als sie die Maus auf das kleine Briefsymbol bewegte begann ihr Telefon auf dem Tisch zu brummen. Sie sah nach und erkannte Christians Nummer. Schnell drückte sie ihn weg, im Moment wollte sie nicht mit ihm reden. Als sie das Postfach des Computers öffnete brummte das Telefon erneut, diesmal mit einer unbekannten Nummer.

Die Frau ging ran und hörte den Arzt aus der Klinik sagen „Ihr Mann ist gerade erwacht." „Ich komme." sagte Maria, klappte den PC zu, rief Iris an und danach bestellte sie sich ein Taxi. Sollte ihr Hans erst mal erklären, was er zu ihrer Ehe noch zu sagen hatte, der Computer hatte noch Zeit.

13. Kapitel

Eine Entscheidung

Der Taxifahrer fuhr ihr viel zu schnell, aber er wollte auch nach mehrfacher Aufforderung nicht langsamer fahren. Schließlich fuhr er auch noch direkt an der Unfallstelle vorbei, obwohl es noch viele andere Möglichkeiten gab, von Marias Haus zur Klinik zu kommen. Nichts erinnerte mehr an den Unfall. Alles war aufgeräumt und gefegt worden. Nur in Marias Herz krampfte sich etwas zusammen.

War der Unfall und ihr jetziges vorbei fahren an der Stelle Zufall? Oder sollte das Ganze ein Wendepunkt in ihrem Leben, in ihrer Ehe sein? Eigentlich hatte sie sich ja schon direkt vor dem Unfall entschieden gehabt. Oder auch nicht? Hatte dieser Unfall etwas an ihrer Entscheidung geändert? Wohl eher nicht! Sie hing noch in ihren Gedanken fest, als der Taxifahrer vor der Klinik bremste und sagte „Fünfzehn Euro." Aus den Gedanken gerissen kramte sie das Geld aus der Handtasche und drückte ihm die zwei Scheine wortlos in die Hand.

Das Aussteigen aus dem Auto und die Treppe hochgehen tat ihr noch etwas in der Hüfte weh und vermutlich lief sie etwas seltsam, denn die Leute im Krankenhaus sahen sie alle so komisch an. Sie merkte erst im Fahrstuhl, dass sie ihre Jacke im Taxi verkehrt herum angezogen hatte. Sie drehte das Kleidungsstück um und sah sich in dem Spiegel an der Seite des Fahrstuhls an. Sie nickte sich selbst zu, nun war alles gut. Noch ein paar Minuten hatte sie Zeit, bis sie oben sein würde. Was würde er ihr sagen? Was sollte sie fragen? Alles war klar.

Die Türen öffneten sich und sie betrat die Station. Eine Schwester nahm sie in Empfang und fragte, zu wem sie wolle, doch noch bevor sie antworten konnte trat der Chefarzt hinter ihr aus einem Zimmer und begrüßte Maria. Zusammen gingen sie in das Zimmer, wo Hans schon im Bett saß. Ein paar der Geräte wurden gerade abgeholt und einige Untersuchungen würden noch folgen, wie der Chefarzt ihnen beiden erklärte.

Maria holte sich einen Stuhl und trug ihn an das Bett heran. Sie setzte sich und schaute ihren Mann an, so als ob sie erwartete, das er nun alles gestand und Hans hatte diese Geste seiner Frau wohl verstanden. Nachdem der Arzt das Zimmer verlassen hatte begann er mit einer krächzenden Stimme alles zu erzählen, was Maria sicher auch aus den E-Mails erfahren hätte. Von ihm und Kristina, den letzten fünf Jahren, von Liebe und Vertrauen. Dann begann er von ihrer Ehe zu erzählen, und das er sich schon lange nicht mehr wohl gefühlt hatte, es aber nie zu sagen bereit gewesen war. Erst der Unfall hatte ihn bewogen einen deutlichen Schnitt in seinem Leben zu machen.

Maria hatte es zwar so erwartet, doch die Ehrlichkeit machte sie sprachlos. Was hätte sie auch dazu sagen sollen? Sie hörte einfach dem Redeschwall ihres Mannes zu, der ihr noch nie so viel von sich erzählt hatte und schloss innerlich mit diesem Kapitel ihres Lebens ab.

Sie hatte ihm sicher länger als eine Stunde zugehört, als die Zimmertür aufflog und Kristina mit wehenden Haaren in das Zimmer stürzte. Als sie Maria sah blieb sie mitten im Raum wie angewurzelt stehen. Da der Arzt sie sicher nicht angerufen hatte, war es bestimmt Hans gewesen. Maria erhob sich von dem Stuhl und drehte sich zu ihr um. Sie zog sich den Ehering vom Finger und drückte in einfach so, ohne ein Wort, Kristina in die Hand. Ohne einen weiteren Blick zurück zu werfen verließ sie das Krankenzimmer und setzte sich draußen im Flur auf eine Bank. Erst jetzt wurde ihr bewusst, dass sie die ganze Zeit nicht ein Wort gesagt hatte, sie hatte nur zugehört und war dann einfach gegangen.

Durch die noch immer offen stehende Tür konnte sie sehen, wie Kristina Hans um den Hals fiel und ihn küsste. Dabei regte sich gar nichts in ihr. Sie schaute auf die leere und etwas hellere Stelle an ihrem Finger und stand wieder auf. Leise verließ sie die Station. Auf dem Flur davor sah sie Christian, der mit der Seite zu ihr stand und sie so nicht bemerken konnte. Sie ging zum Lift und stieg ein. Sie wollte erst mal ihre Ruhe haben und nachdenken.

Mit dem Taxi wollte sie nicht zurück, also schaute sie auf den Busfahrplan. Noch fast eine Stunde musste sie warten, also setzte sie sich auf die Bank am Teich und schaute zu den Schwänen. Es waren nun drei dort. Zwei schwammen als Paar und einer alleine. Das Paar war sicher Hans und Kristina, sie war im Moment allein. Ein trauriger, einsamer Schwan mit hängenden Flügeln. Wieder stiegen die Tränen nach oben. Hatte sie diese Entscheidung nicht aber selbst getroffen? Die Tränen galten sicher Christian. „Dieser

Mistkerl." sagte Maria laut. Dann stand sie auf und ging zur Bushaltestelle. Über ihr flogen zwei Schwäne davon und sie setzte sich an die Haltestelle.

Der erste Bus kam, doch sie war so in Gedanken vertieft, dass sie es gar nicht bemerkte, vor lauter Tränen hatte sie ihn auch nicht gesehen. Erst eine halbe Stunde später war sie soweit mit sich selbst ins Reine gekommen, dass sie sich die Tränen aus dem Gesicht wischte, einen kleinen Spiegel aus der Handtasche nahm und mit einem Taschentuch die verlaufene Wimperntusche abgewischt hatte. Sie wollte nun stark sein für Hannah, denn die würde sie nun brauchen, weil Maria doch nun ab sofort alleine für ihr Kind da sein wollte. Für beide Kinder.

Gerade in dem Moment wo der Bus angefahren kam setzte sich ein junges Liebespaar neben Maria. Wieder kamen ihr Zweifel. Wollte sie das wirklich so mit Christian ohne Aussprache beenden, doch dann sah sie, dass die Frau, die Christian geküsst hatte, in ihrem kleinen weißen Auto an dem Bus vorbei fuhr. Trotzig stand Maria auf, dachte „Ja, jetzt ist Schluss!" und stieg ein. Vielleicht würde sie ja mit einem anderen Mann glücklich werden können, sie war ja nun frei.

Noch hatte sie aber keinen Blick für die, auch im Moment zweifellos vorhandene, Männer. Selbst hier im Bus waren ein paar, die solo waren, oder zumindest so taten als ob. Sie lehnte ihre Stirn an die Scheibe und starrte hinaus.

14. Kapitel

Chaos im Herzen

Es war dunkel geworden bevor Maria wieder zu Hause war. Der Computer stand immer noch auf dem kleinen Tisch am Sofa, aber den brauchte sie ja nun nicht mehr. Sie verstaute alles in der Aktentasche und war gerade damit fertig, als es an der Tür klingelte. Kristina stand vor dem Haus und wusste nicht so recht wohin mit ihren Händen. Maria bat sie herein. Sie setzten sich auf das Sofa und sahen sich eine Weile schweigend an.

Schließlich fragte Maria „Möchtest du ein Glas Wein?" und Kristina nickte. Maria holte die Gläser und die Flasche. Sie selbst nahm sich einen Orangensaft. Nun war das Eis gebrochen und sie unterhielten sich bis spät in die Nacht über alles Mögliche, wobei sie Hans als Thema ausklammerten. Erst zum Schluss, bei der Verabschiedung an der Tür sagte Maria „Pass gut auf Hans auf." Kristina nickte und umarmte Maria, die nun für sie eine Art von Freundin geworden war. Maria ging noch einmal zurück, holte die Aktentasche und drückte sie Kristina in die Hand. Diese nahm sie mit einem Kopfnicken dankbar entgegen, wieder so eine Geste, wie das übergeben des Ringes, wo Maria nicht wusste, warum sie es tat. Nur aus dem Gefühl heraus, es tun zu müssen.

Auf dem Weg durch den Flur klappte sie das Hochzeitsbild um, so dass sie es nicht mehr sehen konnte.

Nun erst hatte Maria mit dem Thema Ehe wirklich abgeschlossen, doch schon wenig später wälzte sie sich im Bett hin und her. Jetzt war sie mit Hans fertig und die Scheidung war nur noch eine Formalität, aber wie sollte es mit ihr weiter gehen? Allein? Oder mit Christian? Immer wieder hatte sie das Bild vor Augen, wie er die fremde Frau küsste und umarmte. Ihre Tränen durchweichten das Kissen und als es draußen hell wurde stand sie nach einer durchwachten Nacht vollkommen erschöpft auf. Sie sah auf das leere Bett neben sich. Sollte das leer bleiben? Musste es das? Vielleicht würde sie ja jemanden anderes finden. Jemand, bei dem sie das gleiche gute Gefühl haben würde, dass sie bei Christians Umarmungen gehabt hatte.

Und schon wieder dachte sie an ihm. „Mist." stöhnte sie, als sie sich im Badspiegel sah. Die Augen verheult und rot. Sie stellte sich unter die Dusche und versuchte den Ärger der Nacht abzuwaschen, doch ihr Kummer war nicht mit Wasser löslich, er blieb und wurde noch stärker. Die Männer in ihrem Leben, den einen hatte sie losgelassen und der andere sie, waren einfach eine Katastrophe. Oder etwa nicht? War sie für Christian wirklich nur ein Abenteuer gewesen? Nur einfach mal so? Sie kannten sich ein viertel Jahr, aber kannten sie sich wirklich?

Mal Tanzen gehen und mal ins Bett gehen. Konnte man sich da wirklich dabei kennen lernen? Immer mehr wuchs der Zweifel, dass er es mit ihr ernst gemeint hatte. Jedes Wort, jede Geste von ihm wurde nun umgedeutet, erhielt eine neue, vollkommen andere Bedeutung. War das ihre Wut, die jetzt ihre Sinne schärfte, oder die sie vernebelte und ihr etwas vorgaukelte? Sie wusste es nicht und auch ihrem Gefühl konnte sie nicht mehr trauen.

Ihre Gefühle und auch ihr Herz waren vollkommen durcheinander. In ihrem Inneren herrschte das pure Chaos und das musste sie nun erst mal klären. Sie verließ das Bad, um in die

Küche zu gehen, schlurfte im Bademantel und Hausschuhen zur Treppe und rutschte auf der obersten Stufe aus. Sie fiel nach hinten und auf die geprellte Hüfte. Ein Schrei durchdrang das ganze Haus, aber niemand war da, der ihr helfen konnte. Mühsam rappelte sie sich auf und kroch auf allen vieren zum Bett zurück. Sie zog sich nach oben und rieb sich die schmerzende Hüfte, während sie auf dem Bett lag.

Wieder schaute sie auf das leere, unbenutzte Bett neben sich. „So geht das nicht." stöhnte sie und dachte daran, wie es wäre, alleine zu leben. Ruhe im Haus, aber wenn etwas passierte, dann war man alleine. Niemand, mit dem man reden konnte und niemand, der einem half. Sie ertappte sich bei dem Gedanken, dass Christian, als Rettungssanitäter, sicher gewusst hätte, wie er ihr helfen konnte. Aber Christian war eben nicht da, niemand war da!

Wieder kullerten Tränen über ihre Wangen, aber diesmal Tränen des Schmerzes und der Wut. Von unten hörte sie Geräusche und Iris rief „Wir sind wieder da." „Hilf mir!" rief Maria von oben und es klang eher kläglich. Schnell war Iris bei ihrer Tochter und sagte „Kind, was machst du denn?"

Maria hatte keine Lust es zu erklären, sondern zeigte nur die blaue Hüfte. Iris rieb eine schmerzlindernde Salbe ein und schon wenig später war der Schmerz nicht mehr so stark. Auf ihre Mutter gestützt ging Maria die Treppe hinunter und setzte sich auf den Küchenstuhl. Iris machte schnell Kaffee und brachte dann Hanna auf ihr Zimmer. Marias Blick fiel auf die Zeitung, die Sigrid ihr am Vortag mitgebracht hatte. „Da werde ich mich eben in die Arbeit stürzen! Das lenkt mich sicher etwas ab." dachte sie und ging langsam mit der Tasse zum Sofa.

Sie kramte einen Zeichenblock und Stifte heraus und begann zu zeichnen. Nach einer halben Stunde, der Kaffee war schon lange kalt geworden, betrachtete Hannah, die wieder in das Wohnzimmer gekommen war und unter dem Tisch gespielt hatte, das Bild und fragte „Mama, warum ist der Schmetterling so traurig?" Maria nahm das Blatt und betrachtete ihr Werk. So ging das wirklich nicht. Diese Brosche hätte man nur auf einer Trauerfeier tragen können. Sie zerknüllte das Blatt und begann noch mal von vorn, aber nach ein paar Strichen stellte sie fest, dass auch dieser Schmetterling viel zu traurig war.

Nun dachte sie daran, dass sie ja erst, seit sie Christian kannte solch einen Erfolg mit ihrem Schmuck gehabt hatte. Er und sie waren irgendwie verbunden. Oder war es das Glück gewesen, dass sie in seinen Armen erfahren hatte, dass sie so erfolgreich gemacht hatte? Dann konnte es mit einem anderen Mann vielleicht auch gehen. Nur mit wem?

Maria stützte ihren Kopf in die Hände und nun fielen auch noch Tränen auf den ohnehin schon traurigen Schmetterling auf dem Blatt. Die Bleistiftlinien lösten sich langsam auf und das abwischen des Blattes ruinierte das Bild vollends. „Nicht mal das klappt." schluchzte Maria.

15. Kapitel

Der Rückfall in alte Gedanken

Was konnte sie tun, damit wieder Freude in ihr Herz gelangen konnte? Mit Christian wollte sie im Moment nichts zu tun haben. Zu sehr hatte er sie durch sein Verhalten enttäuscht, sowie verletzt. Und mit Hans? Der war doch sicher mit seiner Kristina glücklich. Oder etwa nicht? „Ich fahre noch mal in die Klinik!" sagte Maria zu ihrer Mutter und zeigte auf ihre, immer noch blaue, Hüfte. „Soll ich dich bringen?" fragte Iris, doch sie schüttelte den Kopf und zog das Telefon zu sich.

Was wollte sie da eigentlich im Krankenhaus? Ging es ihr wirklich um die Hüfte? Oder wollte sie noch einmal schauen, ob sie und Hans noch eine Chance hatten? Vermutlich wäre das eine Verzweiflungstat, doch im Moment war ihr alles egal. Nur nicht alleine sein! Vielleicht einfach noch mal reden? Kurz überlegte sie, bevor sie das Telefon einschaltete.

Die Rufnummer des Taxiunternehmens stand noch ganz oben auf der Liste, sie rief an und bestellte das Taxi und während sie sich oben anzog, fuhr das Auto auch schon auf der Straße vor. Diesmal war es eine Frau, die am Steuer saß und die fuhr gemächlich und auch nicht an der Unfallstelle vorbei. Wenig später waren sie an der Klinik und diesmal kostete es auch keine fünfzehn Euro, die Maria ihr aber trotzdem in die Hand drückte.

Die Frau humpelte in die Notaufnahme und erklärte der dort diensttuenden Schwester ihren Sturz. Schnell kam sie dran und es wurde noch mal geröntgt. Aber zum Glück war auch diesmal nichts gebrochen, nur eben noch einmal geprellt. Mit einer Tube Salbe sowie einem Rezept in der Hand stand sie wenig später auf dem Gang und überlegte sich, nach oben zu Hans zu fahren.

Es war immer noch die pure Verzweiflungstat und im Moment konnte sie niemand daran hindern. Die Türen des Liftes schlossen sich und wenig später stand sie wieder vor der Tür in der Intensivstation. Das Zimmer war aber leer, als sie es betrat und die Schwester vom Vortag erklärte ihr wo sie Hans finden konnte.

Es war die Station, auf der sie selbst noch am Tag zuvor gewesen war. Maria drückte leise die Zimmertür auf und schaute auf Kristinas nackten Rücken und die fliegenden blonden Haare. Die junge Frau kniete auf dem Bett und ihre Bewegungen sagten Maria alles. Schnell schloss sie die Tür wieder und setzte sich auf eine Bank in der Station. Hier war für sie nichts mehr zu machen, das war ihr nun so klar geworden, dass es schmerzte. Sie sah die Frau, die Christian geküsst hatte und konnte das Schild an ihrem Kittel lesen „Schwester Lisa R." stand da und mit R fing auch Christians Nachnahme an. Ein Zufall? Wohl kaum!

Vor ein paar Tagen hatte genau diese Schwester sie noch betreut und im Rollstuhl herum geschoben. Nichts war damals zwischen ihnen gewesen. Einfach Patientin und Schwester. Sie hatten sich gut unterhalten, aber vermutlich hatte Christian genauso Lisa nicht von ihr erzählt, wie er ihr nichts von Lisa erzählt hatte. Stumm ballte sie ihre Fäuste in den Taschen bis ihre Finger wehtaten.

Ihr fiel auf, dass Christian sie nie zu sich nach Hause eingeladen hatte. Bisher hatte sie sich darüber keine Gedanken gemacht, aber ein kleiner

Zweifel begann sich in ihr Innerstes zu bohren und wuchs langsam. Sie hörte Christians Nachnamen, der irgendwo gerufen wurde und hielt den Atem an. Lisa lief an ihr vorbei und rief „Ich komme schon." das war einfach zu viel für Maria. Sie erhob sich von der Bank und ging aus der Klinik heraus. Sie tappte, fast blind vor Tränen, in den Park hinaus und suchte die Bank am Teich.

Eine ältere Frau saß dort und Maria setzte sich zu ihr. Sie schauten beide auf den Teich, obwohl Maria vor lauter Tränen, die ihr über die Wangen liefen, nicht viel davon sah. Die alte Frau legte Maria die Hand auf den Arm und sagte „Genieße jeden Tag. Wenn du Tränen vergießen musst, so lasse es Freudentränen sein. Ein jeder Tag, an dem du traurig bist, ist ein verlorener Tag. Und der kommt nie wieder zurück. Mein Leben ist fast zu Ende, aber du hast noch so viel Zeit. Nutze sie." Maria nickte und wischte sich die Tränen ab. Die alte Frau erhob sich, und als sich Maria nur ein paar Augenblicke später für den Rat bedanken wollte, sah sie die alte Frau nirgendwo.

Vor ihr auf dem Teich schwammen zwei Schwanenpaare und ein schwarzer Schwan zog alleine seine Bahn über das Wasser. War sie etwa der schwarze Schwan? Einsam unter Freunden? Maria stand auf und ging den nun schon vertrauten Weg zur Bushaltestelle. Zum Glück war der Schmerz in der Hüfte abgeklungen, nur der Schmerz in ihrem Herzen brauchte noch etwas Zeit.

Nun wollte sie nur noch nach vorn schauen. Als sie wieder zuhause ankam wartete schon Iris mit Hannah auf ihre Rückkehr. Maria zeigte das Rezept, die Salbe, verschwieg aber ihren Besuch bei Hans. Iris hätte es vermutlich genauso wenig verstanden wie jetzt auch Maria. Es war eine dumme und völlig unnötige Sache und auch eine falsche Idee gewesen. Hatte ihr Hans nicht erst sein Herz ausgeschüttet?

So wenig Selbstwertgefühl hatte sie gar nicht von sich erwartet, dass sie ihm schon wieder hinterher lief und das nach all den verlorenen Jahren. Sie brauchte nun wirklich den Neuanfang. In der Nacht holte sie sich eines der Stofftiere ihrer Tochter ins Bett, so war das zweite nicht ganz leer. Irgendwie war es zwar immer noch Selbsttäuschung, aber der Kummer wich langsam von ihr.

Sie wäre so gern schon am nächsten Tag wieder zur Arbeit gegangen, denn das hätte sie noch mehr abgelenkt, aber sie war ja krankgeschrieben.

Sigrid war jeden Tag vor und nach der Arbeit bei ihr. Dafür durfte sie von Katharina aus sogar eher gehen und später kommen. Die Entwürfe wurden langsam auch wieder ansehnlich. Trotzdem fehlte ihr ein Mann fürs Herz und für die Gefühle. Doch sie tröstete sich mit dem alten Spruch „Kommt Zeit, kommt Rat." Den sie so umdeutete „Kommt Zeit, kommt Mann." Und mit dieser Aussicht konnte sie gut umgehen.

16. Kapitel

Noch eine Entscheidung

Zwei weitere Wochen waren ins Land gegangen. Hans und Kristina waren zusammengezogen und hatten seine Sachen aus dem Haus geholt. Jeden Tag rief Christian an, aber Maria drückte die Anrufe jedes Mal weg. Sie wollte nicht mit einer Lüge neu beginnen müssen. Nie hatte er ihr von Lisa erzählt und vermutlich belog er sie genauso.

Seit heute ging sie auch wieder auf Arbeit, aber die Gesichter der entworfenen Schmuckstücke waren noch immer nicht so glücklich geworden, wie in der Zeit mit Christian. „Wir müssen mal wieder was unternehmen, damit du auf bessere Gedanken kommst." sagte Sigrid und zog mit einem Bleistift einen lachenden Mund auf Marias Entwurf. „Vielleicht hast du Recht." antwortete Maria „Nicht nur vielleicht, sondern ganz sicher!" erwiderte die Freundin und zeigte auf das Bild.

„Heute Abend ist Tanz und du kommst mit!" legte sie fest und Maria konnte gar nicht ablehnen, da es keine Frage, sondern eine Entscheidung gewesen war. Sie nickte nur und spitzte den Bleistift wieder an, für einen neuen Versuch. Der schon etwas besser gelang. „Na siehst du." stellte Sigrid fest und strahlte sie an. „Was meinst du, wie das erst geht, wenn du wieder jemanden an deiner Seite, oder in deinem Bett, hast." beschloss Sigrid das Gespräch und ging wieder zurück an ihre Maschine. Mit einem verschmitzten Lächeln drehte sie sich noch einmal um, bevor sie wieder die Schutzbrille aufsetzte und weiter machte.

Nach der Arbeit holte sie die Freundin ab. Maria hatte sich schnell umgezogen, doch Sigrid gefielen die Sachen, die sie sich ausgesucht hatte, gar nicht. „Hast du denn nichts anderes als Jeans und Pullover? Wir wollen zum Tanz und nicht in einen Häkelkurs." Damit stürzte sie sich auf den Kleiderschrank der Freundin und holte alle möglichen Sachen heraus. Das meiste warf sie unbesehen auf Marias Bett. Der Schrank leerte sich und der Zeiger der Uhr wanderte unerbittlich auf die Zeit des Einlasses im Club zu.

„Das ist es!" rief Sigrid und hielt zwei Kleiderbügel hoch. Einen mit einem kurzen, bunt bedruckten Top und einen mit einem noch kürzeren Rock. „Meinst du wirklich? Das sieht so wie letzter Versuch aus. So als ob ich es dringend nötig hätte!" entgegnete Maria und betrachtete die beiden Kleidungsstücke, die sie sicher schon zehn Jahre nicht mehr angehabt hatte. „Na klar!" sagte die Freundin und schob Maria in das Bad. „Und dein Makeup müssen wir auch noch etwas aufbessern." beschloss sie und Maria war zu beschäftigt um zu protestieren.

Eine Stunde später stand eine ganz andere Maria am Einlass des Lokals. Sigrid hatte ganze Arbeit geleistet und nicht mal Iris hätte Maria nun noch erkannt. Dementsprechend ausgelassen war die Stimmung der beiden Freundinnen. Schon wenig später war Sigrid mit einem jungen Mann in der Menge untergetaucht und Maria sah sich um. Es waren hier mehr Männer als Frauen und so war sie schon bald von einigen von ihnen umringt.

Sie beschloss, einfach unverbindlichen Spaß zu haben und tanzte ein paar Runden mit jedem. Einer gefiel ihr besonders und den Rest des Abends wollte sie, sehr zum Leidwesen der anderen Männer, nur noch mit ihm tanzen. Wie eine Feder flog sie über den Tanzsaal in den starken Armen des Mannes, der sich mit Peter vorgestellt hatte. Sie fühlte sich einfach gut und das Tanzen ließ ihr keine Zeit für unnütze Gedanken oder Traurigkeit. „Einfach nur Spaß haben und wer weiß was noch kommt." dachte sie.

Von Zeit zu Zeit wanderte eine seiner Hände auf ihren Hintern und sie ließ es einfach zu. Es machte ihr einfach Freude, mal an nichts denken zu müssen. Wie von Fern hörte sie sich selbst fragen „Hast du Kondome dabei?" woher auch immer aus ihrem Innersten diese Frage kam, er lächelte und nickte. Jetzt, da sie es schon mal ausgesprochen hatte, gab es für Maria kein Zurück mehr, selbst wenn sie gewollt hätte. Sie war bereit für diesen Schritt, der ein Neuanfang sein konnte. Oder auch nur mal so, etwas fürs Herz, oder etwas für den Körper. Je nachdem.

Gemeinsam verließen sie den Saal und verschwanden in der Dunkelheit. Sie tanzten auf der Straße weiter und mit einem Mal musste sie wieder an ihren ersten Abend mit Christian denken. Sie blieb stehen und horchte in sich hinein. War das richtig, was sie hier gerade tat? Einfach eine unverbindliche Nacht mit Peter? Sie schaute in seine Augen und ein Zweifel begann in ihr zu nagen. War es nur Trotz, wollte sie es sich oder Christian damit zeigen?

Sie zog ihn hinter sich her und beruhigte sich mit dem Gedanken, dass Hans bei Kristina und Christian sicher bei Lisa war. Nur sie war alleine, aber im Moment eben nicht. Sie zog Peter in einen dunklen Hauseingang und küsste ihn lange. Aber das schöne Gefühl, dass sie immer mit Christian gehabt hatte kam nicht. Sollte sie das tun? Sie spürte schon Peters Hände unter ihrem Top, unter ihrem Rock.

War das hier wirklich eine Entscheidung, oder nur ein der Not geschuldetes körperliches Bedürfnis? Sie ließ es einfach zu und schaltete ihren Kopf ab. Sie gab sich Peter in dem Hauseingang hin, während er sie mit dem Rücken an die Wand drückte. Fünf Minuten, dann war er weg und sie wieder alleine. Maria hatte zwar damit gerechnet, dass es eine schnelle Nummer werden konnte, aber dass es so schnell zu Ende war, das hatte sie nicht gedacht. Sollte sie noch einmal zurückgehen in den Club gehen? Was würde sie dort erwarten? Die nächste schnelle Nummer? Heute Nacht musste sie sich das nicht noch einmal antun und darum wendete sie sich dem Heimweg zu. Sie richtete ihre Sachen.

Unzufrieden mit sich selbst ging sie nach Hause und wusch sich alles unter der Dusche ab.

Aber auch diesmal blieb der Kummer in ihr haften.

Alleine lag sie im Bett und wieder war eine Illusion in ihr zerstört worden Vielleicht sollte sie doch noch mal mit Christian reden? Sie konnte ihn ja auf Lisa ansprechen und dann würde sie sehen, wie er reagierte. Schlimmer als das, was ihr da in dem Hauseingang mit Peter passiert war, konnte es nicht mehr kommen. Schließlich weinte sie sich in den Schlaf.

17. Kapitel

Zerstreute Zweifel

Wieder war es eine unruhige Nacht gewesen. Obwohl sie sich als Single nichts vorzuwerfen hatte, war sie doch nur schlecht in den Schlaf gekommen. Irgendwelche Schuldgefühle hatten sie wach gehalten. Im Traum sah sie Christian und Lisa so dastehen, wie sie mit Peter gestanden hatte. In inniger Vereinigung. Dieses Bild war es, was sie traurig und wütend zugleich machte. Hatte sie richtig gehandelt, als sie alle Kontakte zu Christian abgebrochen hatte?

Er hatte von ihr noch nicht mal die Gelegenheit zu einer Richtigstellung erhalten, doch was hätte er sagen können? Sie hatte ihn ja mit Lisa gesehen. Da gab es nichts zu rütteln. Dieses Bild war tief in ihre Seele eingebrannt. Weit vor dem Sonnenaufgang setzte sie sich in die Küche. Ruhe war im ganzen Haus. Aber die Ruhe hatte sie nun fast jeden Tag, solange Hannah bei Iris übernachtete.

Ein großes leeres Haus. Nur sie allein darin. Der Kaffee lief durch die Maschine und sie wusste, außer Hannah würde niemand zurückkommen. Höchstens noch Iris, bevor die wieder in ihr eigenes, leeres Haus zurückging. War das nun auch ihr Schicksal? Wenn Hannah in ein paar Jahren auszog? Doch da war ja noch etwas anderes. Sie schaute auf ihren Bauch, der sich langsam nach vorn zu wölben begann. Ein Mensch war noch da, der ganz lange ihre Liebe brauchen würde.

Maria verschränkte ihre Arme vor ihrem Bauch und versuchte in sich hinein zu hören. Wenn sie ganz still war, konnte sie das zweite kleine Herz schon ganz leise Schlagen hören. Oder war das nur ihre Einbildung? Es klopfte an der Tür und Maria ging hin. Ohne darüber nachzudenken, wer es sein könnte, der um diese frühe Stunde klopfte, oder daran, dass sie noch im Nachthemd war, öffnete sie. Christian stand mit ein paar Blumen vor der Tür und sie wollte die Tür sofort wieder zuschlagen, doch er hatte seinen Fuß davor gestellt.

„Was ist los? Warum gehst du mir aus dem Weg?" fragte er, nachdem er die Tür wieder aufgedrückt hatte. Wütend über diesen Überfall, aber noch mehr auf sich selbst wütend, fuhr sie ihn an

„Warum hast du mich angelogen?" sie selbst wollte doch bestimmen, wann sie mit ihm reden würde und nun hatte er sie völlig überrascht. „Ich weiß nicht was du meinst." erwiderte er und schaute sie fragend an. „Ach geh doch zu deiner Lisa." rief sie aus und versuchte wieder die Tür zu zudrücken.

„Was hat meine Schwester damit zu tun?" fragte er ungläubig „Wo hast du sie getroffen? Im Krankenhaus?" „Deine Schwester? Lisa ist deine Schwester?" fragte sie, öffnete die Tür wieder und schaute ihn fragend an. Er nickte „Ich habe euch küssend im Flur des Krankenhauses gesehen." schloss Maria „Ja, sie hat vor ein paar Monaten ihren Mann bei einem Unfall verloren. Seit dem wohnt sie bei mir." antwortete er. Ein großer Stein fiel von Marias Herz. Gleichzeitig dachte sie daran, wie dumm sie gewesen war, nicht zu fragen, sondern einfach vorausgesetzt hatte, dass er sie belog, als sie die Beiden gesehen hatte.

Maria fiel ihm um den Hals und murmelte „Dann ist Lisa der schwarze Schwan." „Was meinst du mit Schwan?" fragte er, aber sie küsste ihn einfach. Christian holte ein Foto heraus. „Da ist sie mit ihrem Mann. Das Bild ist vor ein paar Jahren aufgenommen worden." erzählte er. Maria schaute sich das Foto an. Eine alte Frau auf dem Bild zog ihre Aufmerksamkeit auf sich. „Die Frau kenne ich." sagte sie, dann zeigte sie mit dem Finger darauf und dachte wieder an die alte Frau auf der Bank in der Klinik. „Wirklich?" fragte Christian verwundert „Woher? Das ist unsere Mutter, sie ist vor zwei Jahren in der Klinik gestorben. Wann hast du sie getroffen?" fragte er weiter. Doch Maria schwieg dazu, jetzt war sie sich auch nicht mehr so sicher, durch die Tränen hatte sie die Frau ja auch nur verschwommen gesehen.

„Möchtest du einen Kaffee?" fragte sie ihn und nahm die Blumen in Empfang. Er nickte und trat ein. Zusammen saßen sie wenig später in der Küche und unterhielten sich über alles. Als Iris mit Hannah nach Hause kam, hörte sie Maria fröhlich lachen. Iris schaute in die Küche und fragte „Hast du es ihm schon gesagt?" Maria schüttelte verlegen den Kopf. Wieder hatte sie es vergessen. Gerade eben hatte sie noch mit ihrem ungeborenen Kind gesprochen, nur dem Vater hatte sie es die ganze Zeit verschwiegen. Nun war aber der richtige Zeitpunkt.

Was würde er sagen? Sie stand auf und ging zu dem kleinen Schreibtisch. Sie nahm das Ultraschallfoto heraus und legte es wortlos vor Christian auf den Tisch. Der schaute sie an und sie nickte glücklich.

Christian stand auf und küsste sie lange und genau so leidenschaftlich wie an ihrem ersten Tag. Sie hatte sich ganz unnötige Befürchtungen gemacht. Liebevoll streichelte er ihren Bauch, den er erst jetzt bemerkte und das obwohl sie ja in ihrem dünnen Nachthemd da gestanden hatte. „Warum habe ich das nicht gleich gesehen?" fragte er und schüttelte ungläubig den Kopf. Wieder küsste er sie. Das Kribbeln in ihrem Bauch war wieder da und das warme, vertraute Gefühl auch. Sie war einfach nur glücklich. Das Kind in ihrem Bauch schien Purzelbäume zu schlagen und nun knickten ihr die Knie ein. Er fing sie auf und sie setzte sich auf den Stuhl und strahlte ihn einfach an.

„Warum hast du mir nicht vertraut?" fragte er, als er neben ihr saß. Sie dachte lange nach und antwortete dann „Vielleicht, weil ich durch Hans und seine Untreue vorgeschädigt war." Er schüttelte den Kopf „Nicht alle Männer sind so." antwortete er und verschloss ihren Mund mit einem Kuss, bevor sie noch zu einer Erwiderung ansetzen konnte. Christian nahm sie in die Arme, hob sie auf und trug sie nach oben. Zu zweit feierten sie ihr wiedersehen, während Iris unten mit Hannah spielte. Sie genoss wieder die Streicheleinheiten und seine zärtlichen Hände auf ihrem nackten Körper.

Von nun an wollten sie zusammen bleiben und sich durch nichts mehr auseinander bringen lassen. Das begannen sie schon mal damit, dass sie zusammen unter die Dusche gingen. Als er sie danach abtrocknete küsste er ihren Bauch und schaute sie fragend an „Denkst du, dass ich ein guter Vater werden kann?" „Du bist doch schon einer für Hannah." entgegnete sie und er nickte glücklich. „Schön, dann werden wir eine richtige, kleine Familie." antwortete er und gab ihr ihre Sachen. Glücklich strahlte sie ihn an.

18. Kapitel

Ein Neuanfang

Zwei Monate später wölbte sich Marias Bauch schon etwas mehr. Sie wachte neben Christian auf und schaute in sein schlafendes Gesicht. Maria richtete sich auf und strich über ihren Bauch. Sie stand auf und ging in die Küche hinunter. Die kleinen Schwalben waren schon lange aus dem Nest ausgeflogen. Leise blubberte die Kaffeemaschine und tröpfelte in die Tasse. Es war jetzt viel mehr Milch darin als früher.

Auf der Küchenanrichte standen noch die Gläser vom Vorabend. Lisa hatte sie besucht. Sie wohnte weiter in Christians Wohnung, während der mit Maria in ihrem Haus lebte. Hannah sah ihren Vater nun auch viel öfter. Entweder hatte Kristina oder der Unfall so einen positiven Einfluss auf Hans gehabt, aber es war so.

Als Maria Hannah wecken wollte war diese schon mit Christian im Bad und die beiden machten sich für den Tag fertig. Heute wollten sie wieder mal in das Freibad gehen und Lisa hatte fest versprochen mitzukommen. Die beiden Frauen verstanden sich blendend, und das Missverständnis, das fast die Beziehung zwischen Maria und Christian zerstört hätte, war lange aus der Welt geschafft.

Vor dem Haus hupte ein Auto und wenig später klingelte es „Tante Lisa." rief Hannah und sauste nach unten, um die Tür zu öffnen. Wenig später hörten sie Lisas Stimme aus dem Flur „Kommt ihr? Sonst sind die besten Plätze weg." Schnell packten sie alle ihre Sachen ein und auch ein kleiner Picknickkorb fand seinen Platz im Auto.

Schnell fuhren sie den bekannten Weg zum Schwimmbad, und auch das schnelle fahren machte Maria nichts mehr aus, sie saß vorn neben Lisa und Christian hinten neben Hannah, mit der er gerade spielte. Lisa war eine sehr sichere Fahrerin und brachte sie alle unbeschadet auf den Parkplatz des Freibades.

Als Hannah das Wasser sah, war sie nicht mehr zu halten. Sie sauste los, dass die drei Erwachsenen Mühe hatten ihr zu folgen. Schließlich war es Christian, der verhinderte, dass Hannah angezogen in den Pool sprang. Er konnte sie gerade noch am Rand erwischen. Die Decke war schnell ausgebreitet und auch ein kleiner Sonnenschirm wurde als Schutz angemietet.

Kaum in Badesachen zog Hannah Lisa auch schon in das Wasser, während die anderen Beiden auf der Decke Platz nahmen. „Erinnerst du dich noch an unseren ersten Nachmitttag?" fragte Maria. Christian nickte „Und auch an unseren ersten Abend." setzte er lächelnd hinzu und küsste ihren Babybauch. Sie strahlte ihn an und schaute zu Lisa und Hannah, die im flachen Wasser planschten.

„Ich möchte, dass wir ganz lange zusammen bleiben." begann er und kniete sich in der Badehose vor sie hin „Möchtest du meine Frau werden?" fragte er und zog einen kleinen Ring aus dem Picknick Korb, den er in einer kleinen Schachtel darin versteckt hatte. Sie begann zu strahlen, dass es der Sonne fast schummrig wurde und sagte einfach „Ja."

Christian steckte ihr den Ring an und sie schaute ihn sich an. „Solange du mir immer die Wahrheit sagst, bleibe ich für immer an deiner

Seite." sagte Maria und küsste Christian. Er nahm sie in die Arme und trug sie vorsichtig in das flache Wasser, wo er sie in das Becken setzte.

ENDE

Aktuelle Informationen und Neuerscheinungen finden sie immer im Internet unter:

www.Goeritz-Netz.de